KB274308

윤동주
시 읽기

내일을여는지식 어문 21

윤동주 시 읽기

지현배 지음

KSi 한국학술정보(주)

윤동주 시인과의 첫 인연은 학창시절 교과서를 통해서였지만, 필자가 박사학위 논문을 준비하던 시절에 시인은 밤을 함께 지새운 친구이자 선배이자 스승이었다. 학위논문에 몇 편의 논문을 더해서 묶었던 첫 책, 『윤동주 시의 세계 – 영혼의 거울』의 머리말에 "외로운 영혼, 괴로운 영혼, 아름다운 영혼의 주인 윤동주 시인과의 인연을 이 책으로써 하나의 마디로 삼고자 한다."고 적은 기억이 새롭다.

돌아갈 고향이 사라진 경험을 한 적이 있는가? 내 조국이 있으되 조국이 아닌 시대를 살아야 하는 이의 심정을 헤아릴 수 있는가? '어머니'를 '오까상'이라 불러야 하는 시대를 상상해 본 적 있는가? '나'나 '가족'이 아닌 '타인'을 위해 불면의 밤을 지새운 적이 있는가? 귀뚜라미 소리에도 눈물이 흐르는 청년을 그려 본 적 있는가? 스무 살 청년의 고뇌가 이토록 처절했다는 이야기를 들어본 적 있는가?

우리의 '오늘'이 있기까지 목숨을 담보로 '자유'를 꿈꾸던 수많은 삶이 있었다. '시인'이 천형이었던 시대에 그 길을 굳이 걷고자 했던 시대의 양심이 있었다. '히라누마 도오쥬우'로 불려야 하는 치욕에 괴로워하던 영혼이 '지금' '여기'에 숨 쉬고 있다. 공생의 메시지를 평범한 이야기로 풀어내는 감동을 윤동주 그를 통해 경험할 수 있다. 윤동주라는 이름은 우리에게 주어진 유산의 소중한 덕목임에 틀림없다.

이 책『윤동주 시 읽기』는, '별빛의 향기 – 윤동주의 시와 삶'으로 연구소에서 묶었던 것을 이번에 정식 출판하게 되었다. 윤동주 시인만큼 시의 세계와 시인의 삶이 겹쳐지는 작가도 흔치 않다. 이 책의 내용은 윤동주 시와 삶의 궤적을 따라가는 길에서 생겨난 것이다. 정해진 목적지를 향해 곧장 걸어간 길이 아닌 것은 이 때문이다. 그런 점에서 시 읽기 경험이 종합적으로 반영된 결과물이라고 할 수 있다.

2009년 4월
지현배 씀

제1부 윤동주 시의 지도 / 11

제1부

윤동주 시의 지도

1. 윤동주 연구 1: 시와 삶 연구의 개관

　윤동주 시인에 대한 연구는 초창기에 시집의 서문이나 발문 등을 통해 이력이나 신상에 관련한 회고담을 중심으로 시작되었다. 시인의 생애에서 시적 의미의 단초를 찾거나 시대적 상황에 의존해서 시를 해석하려는 태도는 가장 전통적인 방법이면서 윤동주 시 연구에도 가장 일반화된 방법이기도 하다. 시인의 삶을 추적하는 연구자들의 노력은 몇 권의 평전을 출간하는 결실을 얻었다. 또한 문예지에서 몇 차례의 윤동주 특집이 마련되기도 했다. 그리고 80년대 이후에는 마광수,[1] 이남호,[2] 이사라,[3] 박의상,[4] 최문자,[5]

---

1) 마광수, 「윤동주 연구」, 연세대학교 박사학위논문, 1983.

2) 이남호, 「윤동주 시의 의도연구」, 고려대학교 박사학위논문, 1986.

3) 이사라, 「윤동주 시의 기호론적 연구」, 이화여자대학교 박사학위논문, 1987.

지현배[6] 등의 박사학위논문이 나왔고, 기왕의 주된 연구 성과를 모은 『윤동주 연구』[7]와 『윤동주』,[8] 그리고 이건청,[9] 최문자,[10] 김수복[11] 등의 저서가 간행되었다. 이들에서는 저항성의 여부에 초점을 맞추기보다는 연구 방법을 다양화하고 연구 대상을 확대하거나 다른 시인들과의 비교 연구 등을 통해 윤동주 시 연구의 폭과 깊이를 더한 것으로 평가된다.

2000년대 들어 윤동주 연구 성과가 한층 탄탄하게 되었다. 송우혜의 『윤동주 평전』[12]이 푸른 역사에서 간행되었다. 홍장학은 『정본 윤동주 전집 원전연구』[13]를 펴냄으로써, 사진판 전집 이후에 원전에 대한 본격적인 연구 성과를 낸 것으로 평가받았다. 같은 시기에 연세대출판부에서도 전집이 나왔다.[14] 윤동주 연구사에서 중요한 사건 하나가 『윤

---

4) 박의상, 「윤동주시의 사회심리학적 연구」, 인하대학교 박사학위논문, 1993.

5) 최문자, 「윤동주 시 연구」, 성신여자대학교 박사학위논문, 1996.

6) 지현배, 「윤동주 시의 의식현상학적 연구」, 경북대학교 박사학위논문, 2001.

7) 권영민 엮음, 『윤동주 연구』, 문학사상사, 1999.

8) 김학동 편, 『윤동주』, 서강대학교 출판부, 1997.

9) 이건청, 『윤동주 – 신념의 길과 수난의 인간상』, 건국대학교 출판부, 1994.

10) 최문자, 『현대시에 나타난 기독교사상의 상징적 해석』, 태학사, 1999.

11) 김수복, 『상징의 숲 – 우리 시의 상징과 자아 동일성』, 청동거울, 1999.

12) 권일송이 민예사에서 1984년 『윤동주 평전 – 하늘을 우러러 한점 부끄럼이 없기를』을 냈다. 송우혜는 1988년 열음사에서 『윤동주 평전』을 낸 이후, 1989년 6월에 증보2쇄, 1991년 8월에 증보 3쇄를 찍고, 1998년 8월에는 세계사에서 『개정판 윤동주 평전』을 낸 바 있다.

13) 홍장학, 『정본 윤동주 원전연구』, 문학과지성사, 2004.

동주 시어 사전』[15]의 편찬이다. "이 시대 그 집필의 가장 적임자인 조재수 선생의 10년 넘게 공력을 들인 열매로 우리 앞에 나오게 되었다."고 정현기 교수가 고마움을 표한 바 있다. 이상섭 교수의 『윤동주 자세히 읽기』[16]도 윤동주 연구의 빼놓을 수 없는 업적이다.

윤동주 시인에 대한 연구는 중국이나 일본, 북한에서도 행해지고 있음을 확인할 수 있다. 중국의 연변은 윤동주 시인이 1917년에 태어나서 연희전문학교에 진학하던 1938년 이전까지 살던 곳이고, 일본에서 옥사한 후 유해가 돌아가 묻힌 곳이기도 하다. 그러나 중국에서는 윤동주 시인의 존재가 사후 40년이나 묻혔다가 지난 1985년 오무라, 권철 교수 등의 노력으로 묘가 발견되면서 행적에 관한 연구가 진척되었고, 묘지 단장, 시비 건립, 생가 복원, 기념관 건립, 백일장 개최, 문학상 제정 등의 성과를 거두었다.

중국에서의 연구 성과로 대표적인 것은 1995년에 개최된 '민족시인 윤동주 50주기 기념 학술토론회'의 발표 원고들이다. 이때의 발표 논문들에 류기천, 김성룡의 글이 더해져 이듬해에 단행본으로 간행되었다. 그리고 중국의 조선족 문학사 기술에서 최고의 권위를 가진 권철의 『중국조선족문학사』

---

14) 윤동주, 『원본대조 윤동주 전집 – 하늘과 바람과 별과 시』, 연세대학교 출판부, 2004.

15) 조재수, 『윤동주 시어 사전 – 그 시 언어와 표현』, 연세대학교 출판부, 2005.

16) 이상섭, 『윤동주 자세히 읽기』, 한국문화사, 2007.

와 『중국조선족문학』(상)[17]에 윤동주는 중국 조선족의 대표적인 시인이라는 평가와 함께 시인의 시 세계가 비중 있게 소개되고 있는 것이다. 이것이 현재 중국에서 이루어지고 있는 윤동주 시인에 대한 평가의 현주소라고 할 수 있다.

일본에서 간행된 단행본으로 『별을 노래하는 시인』[18]이 있다. 여기서 윤동주 시인에 대한 일본인의 평가는 시대와 지역의 한계를 뛰어넘는 보편적인 감흥이 있다는 것으로 나타나고 있다. 이것은 시인의 시가 개인의 고뇌와 시대적 압박을 재료로 생성되긴 했지만, 그것의 열매는 그 일상의 틀에 그치지 않고 더 넓고 높이 향기를 내뿜고 있다는 것을 뜻하는 것이다. 시인이 '저항시인'의 틀과 같은 것에 갇히거나 시인의 시가 지닌 의미가 '복음의 메시지'와 같이 화석화될 수 없음을 보여주는 것이기도 하다. 일본에서 나온 또 한 권의 책[19]에도 '윤동주를 흔히 민족시인, 저항 시인, 기독교 시인 등으로 부르지만 그 어느 하나의 이름으로 지칭하기보다는 고난의 역사를 살아온 한 사람의 서정시인'으로 평가하고 있다.

북한에서 윤동주 시인에 대해 평가한 글은 두 개가 확인되고 있다. 박종식의 논문[20]과 『문예상식』[21]에 소개된 것

---

17) 권철, 『중국조선족문학』(상), 연변인민출판사, 2000.
18) 尹東柱詩碑建立委員會 編, 『星うたう詩人 －尹東柱の詩と硏究』, 三五館, 1997.
19) 이누가이 미쯔히로 외, 고계영 역, 『일본 지성인들이 사랑하는 윤동주』, 민예당, 1998.

이 그것이다. 『통일문학』은 주로 해외를 바라본 잡지로 평양출판사에서 발행하는 것인데, 여기에 윤동주 시인이 애국 시인으로 평가되어 있다. 「십자가」를 대표작으로 보고, '절제의 시인, 저항의 시인'으로 불리는 것만의 이유가 있다고 하면서 "일제 식민통치가 말기에 이르러 더욱 폭학에 있던 시기에, 조선 시문학 발전의 역사에 있어 특기해야만 하는 한 가지는, 시인 윤동주의 출현이다."라고 평가함으로써, 예전에 문학사에서 전혀 다루어지지 않았던 윤동주 시인이 상당한 비중을 가지게 되었음을 보여주고 있다.

이러한 연구 성과들에 의지하면서, 이 책에서는 '의도'와 '효과'의 균형을 견지하면서 윤동주 시인의 시 세계를 정리하기로 한다. 작품이 작가의 삶과 시대의 소산이라고 본다면, 의미의 '확정'에 중요한 역할을 할 수 있다는 점에서 일차적으로 작가의 의도와 관련해서 고찰하는 태도가 필요하다. 그리고 작가의 창작의 산물인 작품의 의미는 독자의 독서행위를 통해서 완성되는 것이므로 의미의 '확장'을 위해 다양한 해석의 가능성이 열려 있어야 한다. 시대와 독자에 따른 작품 의미의 무한 확장 가능성은 그 씨앗을 작품이 품고 있다고 할 수 있다.

---

20) 박종식, 「하늘과 바람과 별과 시의 미학－윤동주의 시 세계」, 『통일문학』 제8호, 1991.

21) 『문예상식』, 문학예술종합출판사, 1994. 12.

　그리고 이 책에서 논의하는 대상은 초기의 시와 동시까지 포함하여 시인의 전 시기의 작품이다. 기존의 연구에서 연희전문기의 작품을 중심으로 논의가 진행되었다. 자선 시집에 실린 작품이 대부분 이 시기의 것이고, 초간본에 실린 작품도 이 시기의 것에 집중되어 있기 때문이기도 하다. 그러나 시인에 대한 '일관된 작가 정신'을 규명하기 위해서는 습작기를 포함하여 작품을 창작한 전 시기의 작품에 대한 연구가 필요하다. 그리고 시인의 시 세계에 대한 총체적인 이해를 위해서는 초기시와 동시 등 그동안 연구자들에게 소외되었던 시기의 작품에 대해서도 더 깊은 탐구가 요구된다.

　따라서 이 책에서는 초기시, 동시, 연희전문기, 일본 유학기 등 각 시기의 특징을 살피기로 한다. 먼저 간도 시절의 초기시 작품은 '순결함'의 코드로 읽을 수 있다. 또한 초기에 쓰인 동시 작품은 발랄함이라는 색채로 드러나고 있다. 그리고 연희전문 시절의 작품에서는 의연함이, 일본 유학길에 오른 후 적국의 땅에서 쓰인 작품들에서는 숭고함이 키워드로 추출된다. 이들은 제각각 작품이라는 창 너머로 바라보이는 풍경이자 작품의 속살을 차지하고 있는 부분이다. 시인의 의식 역시 이것과 궤를 같이한다.

1.1. 가치관 형성과 북간도 체험

윤동주의 초기시에는 간도의 고향 체험이 나타나 있다. 그것은 유민의식, 민족의식, 기독교의 영향으로 대표될 수 있다. 이는 작품에서 각각 그리움, 현실 저항, 희생과 희망으로 대치되어 표현된다. 개인으로서의 감정을 토로하는 형식으로 개인으로서의 '나'의 모습이 나타난 것과 관심의 폭이 대사회적인 범위로 확대되면서 탈개체로서의 우리의 모습이 나타난 것이 있다. 개인적인 문제를 고백하는 형태의 것은 비교적 분명한 의미를 지녀 해석의 범위가 제한되는 경우이고, 이웃과 조국으로 범위를 넓힐 수 있는 것은 다양한 해석의 가능성을 열어주는 작품이다.

북간도는 일제강점기에 우리 민족이 국경 밖의 국토로 개척한 땅으로, 삶의 터전이자 민족 교육의 장이요 항일 운동의 근거지가 되기도 했다. 한반도의 유민이 두만강 너머 중국 땅에 개척한 간도는 고국을 떠날 수밖에 없었던 이들이 이국땅에 형성한 집단촌이었다. '귀리 심던 화전이 올벼 지기 되기에/이밥 먹게 되었다 엉덩춤을 췄더니/귀리밥도 못 먹고 북간도로 간다네'[22] 같은 시에서처럼 북간도는 고국을 잃은 사람들, 고향을 떠나온 사람들의 비애가 어린 땅

---

22) 허문일, 「우리의 살림」 부분, 『농민』, 1930. 8.

이었다. 그리고 북간도는 근대 교육의 보급과 기독교의 영향, 그리고 강한 민족주의 등 일제강점기 역사에서는 빼놓을 수 없는 곳이기도 하다. 윤동주 시인에게 북간도 시절의 유소년기 체험은 가치관을 형성하고 시인 의식의 뿌리가 된다는 점에서 중요하다.

유민의식은 그리움을 잉태하고 있다. 그래서 이 시기 시인의 시에서 고향 동경, 어머니나 고국에 대한 그리움 등으로 표현되고, 민족의식은 현실의 부조리에 대한 인식과 그것에 대한 고뇌 혹은 극복 의지의 형태로 나타난다. 또한 기독교의 영향은 시인의 작품 「초한대」에서 보듯 자기희생의 자세와 함께 암울한 현실에서도 어둠을 견디며 아침을 기다리는, 희망을 잉태하고 있는 힘으로 작용하고 있다.

「고향집」, 「瞑想」 등의 작품에서 고향을 그리는 감정을 표현하고 있다. 관념적인 문제를 엄숙하고 웅장한 남성적인 어조로 다루어 중후한 이미지를 만드는 청마도 만주 체험기에 지은 작품에서 고향 동경과 같은 주제를 감정이 드러나는 형태로 형상화하고 있다. 원초적인 감정의 울림은 수사를 동원할 만한 여유가 없기 때문이기도 하다. 이런 특징은 현대의 조선족 시인의 작품에서도 두드러진 특징으로 나타나고 있다. 조선족 시인의 경우 거의 모든 시인에게 보이는 어머니나 고향 이미지는 마음속 순수 조국에 대한 갈증을 이런 고향적인 이미지로 메워 갔다고 할 수 있다.[23]

　그리고 「바다」, 「가슴1」, 「꿈은 깨여지고」 등에서 괴로움이나 절망으로 나아가기도 했다. 이 시기의 작품들은 유민의식에 뿌리를 둔 그리움을 노래한 것으로서 주로 개인의 감정을 고백하고 있는 것이었다. 그것은 화자 개인의 문제를 토로하고 있는 작품들로서 그것이 다루는 범위도 개인의 문제에서 크게 벗어나지 않은 것이었다. 그리움이나 외로움, 슬픔 등은 전형적인 개인의 문제였고, 현실 문제의 답답함에 대한 고뇌를 노래한 작품으로 오면서 그 범위가 확장되기도 하였지만, 모두 개인의 문제를 중심으로 노래한 작품들이었다.

　개체로서의 '나'의 문제를 중심으로 한 작품이 있는가 하면 작품의 주제가 '나'에 갇히지 않고 가족이나 이웃, 조국의 범위로 확대되는 것도 있다. 이는 작가의 시야와 관심 영역이 넓어지는 것을 보여주는 것이다. 일제 식민지 상황에서 생존의 의미는 곧 저항으로 연결된다. 저항은 북간도의 민족의식에서 그 뿌리를 찾을 수 있고, 만인 평등의 기독교의 영향으로 볼 수도 있다. 인간 개체의 사유와 행복 추구가 극히 제한받던 상황이었으므로, 개인의 자유와 행복의 추구 혹은 생활의 보장 등을 위한 행위는 곧바로 그것을 제한하고 억압하는 주체였던 일제에 대한 저항이 될 수 있었던 것이다.

---

23) 권기호, 「중국 주재 조선족 시인의 시 유형 연구」, 『어문학』 62집, 252쪽.

앞의 자기희생이 소극적 의미의 고난에 대처하는 방법이었다면,「한란계」 등에 나타난 자기 위치의 자각과 결의는 보다 적극적인 해결의 출발점이 된다. 그리고 「장」은 여기서 다시 나아가는 것이라 할 수 있다. 여기에는 다른 작품에서 느낄 수 없었던 끈끈한 생명력과 현실 극복의 힘이 있다. 이들은 희망의 기대를 가져다주는 작품이기도 하다.

1.2. 자유의지와 발랄한 생명력

동시의 양식이 갖는 효용과 의의는 동시를 통해 자유의지를 표현함으로써 현실의 굴레를 극복하고 있다는 점과 동시의 발랄한 생명성과 맑고 밝은 세계는 암울한 현실을 노래하는 작품에 희망과 생명을 불어넣는 청량제로서의 기능을 할 수 있다는 점이다. 윤동주의 동시는 거대한 세계의 횡포에 고통받는 현실의 문제와 현실의 고난에도 굴하지 않고 희망의 출구를 찾는 모습으로 나타났다. 구체적으로 보면, 전자는 결여와 상실의 현실에서 당하는 그리움의 고통과 암담한 세계에 내버려진 자아의 막막한 심정, 그리고 결국 현실의 무게에 지치고 패배하는 자아의 형태로 표현되었다. 후자는 고향에 대한 원초적 동경심을 희망과 이어주는 끈과 잣대로 삼아서 그 희망을 향한 연대와 출발, 그리고 끝내는 암담한 현실에서의 출구 찾기로 이어졌다.

동시는 일차적으로 아동을 독자로 하는 문학이 어린이다운 사고와 감동으로 이루어진다고 할 수 있다.[24) 동시 양식은 작품의 생명력을 획득하는 수단이 되기도 한다. 세계와의 동화를 이루는 평온과 교감을 표현하는 형태나 천진난만한 동심의 세계가 갖는 자유와 밝음과 희망의 특징은 암울한 현실을 밝혀주는 등불이 될 수 있다. 이 점에서 윤동주의 동시는 다른 시들과 함께 시인의 시 세계를 읽어내는 하나의 길로서의 가치를 지닌다.

윤동주 시인이 남긴 동시 작품은 30여 점이다. 윤동주는 동시를 통해 자유의지를 표현함으로써 현실의 굴레를 극복하고 있으며, 동시 양식의 발랄함을 통해 현실에 생명력과 청량제를 얻고 있다. 이렇게 볼 때 시인은 동시를 창작함으로써 다음의 두 가지 면에서 효과를 거두고 있다. 물아일체의 동심의 세계에서는 말하고자 하는 바를 표현하되 그 의도가 명시적으로 드러나지 않는 것이고, 다른 하나는 동시 양식 자체의 발랄함과 생명력이 작품의 주제 형상화에 기여하는 것이다.

윤동주의 시에서 발견할 수 있는 주된 정서의 하나가 그리움이고, 이별이 그것의 원인이고, 그 이별은 자아 영역 밖의 거대한 세계에 뿌리를 두고 있다. 온 가족이 조국을

---

24) 이재철, 『아동문학의 이론』, 형설출판사, 1984, 22쪽 참조.

떠나서 살아야 했던 유민들의 땅인 북간도에서의 유소년기 경험이 그랬고 객지 생활을 했던 윤동주는 그 삶 자체가 나그네 인생이었다는 데서 그 원인을 찾을 수도 있다. 또한 망국의 설움은 뿌리 뽑힌 한 그루 나무의 처지였다는 점에서도 그렇다.

윤동주의 동시에서도 「오줌쏘개디도」 등은 그리움을 표현하고 있다. 그리고 그것은 「참새」, 「거짓뿌리」 등에서 세계가 던져주는 암담함으로 확대된다. 암울한 현실은 맑고 평온한 모습을 추억으로 만들어 버리고, 평온하던 과거에서 쫓겨난 자아 앞에 버티고 선 벽은 감당하기 힘든 좌절과 희생을 강요한다. 내팽개쳐진 외톨이는 절망과 패배의 밑그림 위에 서 있는 것이다.

거대한 세계에 부딪혀 나뒹구는 현실을 노래한 작품들에서 실체의 위력을 경험하고서도 굴하지 않고 재기의 노력을 기울이는 것이 그려진 작품이 있다. 「귀뜨람이와 나와」, 「반듸불」 등에서는 현실의 아픔을 헤치고 나갈 지향점을 정하고 그곳을 향한 출발을 외치고 있다. 그리고 「버선본」, 「호주머니」 등에서는 아직 가시지 않은 어둠 속에서 방향을 찾고, 어둠을 헤쳐 나가려는 강한 의지를 나타내고 있다.

이들 작품에서 거대한 세계에 번번이 패배하는 현실의 숨막힘 속에서도 '천진난만한' 동심이 살아 있다. 이는 곧 윤동주의 동시가 희망을 지피고 있음을 보여주는 것이다.

그리고 동시에 다른 시에서 발견할 수 있는 시인의 의식이 동시의 세계에서도 일관되게 나타나고 있음을 확인해 주는 것이다.

1.3. 현실의 무게와 좌절 경험

연희전문기의 작품은 현실 인식의 정도가 후기로 갈수록 더해졌다는 점, 그리고 현실의 어둠을 직시하면서도 희망의 고리를 놓지 않고 있었다는 점이 특징이다. 또한 작품의 구조와 의미의 폭과 깊이가 앞 시기의 작품들에 비해 확대되고 있다는 점을 확인할 수 있다. 그리고 강조되어야 할 것은, 암울한 현실의 무게를 견디면서도 사그라지지 않는 희망이 상존하고 있다는 점이다. 이런 점에서 이 시기 윤동주의 시는, 민족과 국가라는 절대 개념이 부정되는 식민지 현실에 대한 시적인 도전이며 예술적 비판의 본보기가 된다고 할 수 있다.

연희전문 재학 시절의 작품으로는 「새로운길」을 시작으로 졸업 직전에 쓴 「肝」에 이르기까지 총 44편이 있다. 이들은 윤동주가 남긴 작품들 중에서 그 수나 작품의 질로 보아도 가장 중요한 부분을 차지하는 것이라는 데에는 이견이 없다. 이전의 연구자들도 이 시기의 작품들을 연구의 주된 대상으로 하였다. 이 시인의 생애로 보나 작품으로 보나 가장 중요한 시기이다.

입학 후 첫 작품인 「새로운길」에서는 밝고 희망찬 기운이 있다. '날마다 새로운' 희망과 축복의 길을 노래하고 있다. 그리고 「自畵像」에서는 과거 추억에 대한 그리움을 맛볼 수 있는데, 여기서도 역시 원상회복과 새로운 출발이 그려지고 있다. 이들 작품은 출발을 노래하고 있으며 작품의 문면에 희망이 배어 있다는 점이 공통적으로 보여주는 특징이다.

이 시기는 초기의 작품에서 발견할 수 있는 희망과 그리움과는 다른 양상이다. 현실의 억압이 무게를 더해 가면서 세계에 대한 답답하고 암울한 심정이 드러난다. 「病院」은 애초에 윤동주가 시집을 묶어내려 할 때 책의 제목으로 삼으려고 했다는 점에서도 주목된다. 「위로」 등에서 병든 현실의 시련과 아픔이 노래되고 있다. 세계는 병들었고 환자들로 가득한 세상에 대한 절규는 역설적으로 그것에 대한 거부 의지를 내재하고 있는 것이다.

이는 「십자가」에 형상화되어 있는 '어두워가는 하늘'과도 같은 것이다. 이는 어두운 시대를 상징하면서도 개인의 체험을 넘어선 민족의 수난, 자기희생 의지 등이 종교적인 포장을 하여 표현되어 있다. 개인과 민족과 세계의 자유회복 의지가 강하게 표현되고 있는 것으로 읽을 수 있다.

비교적 후기에 쓰인 「또다른故鄕」이나 시집의 「서시」는 지금까지 논자들로부터 가장 많이 논의된 작품이기도 한데, 그만큼 이 시편들이 품고 있는 의미의 깊이와 폭이 쉽게 드러나지 않는 것이기도 하고, 해석의 가능성이 그만큼 풍부하게 열려 있는 것이기도 하다.

「또다른故鄕」과 「서시」 등으로 대표되는 연희전문 후기의 시편들에서는 앞장의 작품들에 비해 현실에 대한 인식의 정도가 깊어졌다. 「또다른故鄕」에서 볼 때, 현실의 어둠과 시련 앞에서도 희망을 제시하고 있다는 점이 주목된다. '새로운 고향'은 원래의 고향을 회복하는 것에 다름 아니다. 이 작품에서 회복 의지를 강하게 읽을 수 있다. 「서시」도 화자의 순결정신의 바탕 위에 사랑, 그리고 현실에 대한 냉철한 인식과 시련의 극복의지가 잘 그려진 작품이다.

1.4. 침잠하는 현실과 절망 극복

일본유학은 자기부정의 굴욕을 경험하는 「참회록」으로 시삭된다. 도쿄시절 「힌그림자」나 「흐르는거리」, 「사랑스런 追憶」 등 비교적 초기에 쓰인 작품들은 향수나 그리움 등이 주된 정조이다. 이에 비해 현실은 정처 없는 항로와 안개 속의 혼돈과 무기력함으로 나타난다. 현실의 무게가 미래의 희망을 가져다주기에는 너무 힘겨운, 그래서 미래의 전망은 어둡기만 한 것으로 나타나고 있다. 「쉽게씨워진詩」에서는 과거와 현재의 모습이 여전히 중요한 축으로 등장하지만, '아침'을 맞는 자세가 보다 적극적이고 그 의지가 굳건한 것으로 나타나, 밝은 미래를 엿볼 수 있게 하는 작품이다. 그리고 「봄」에서는 안개와 방황으로 지칭되는 현재의 모습을 완전히 벗어 던지고 발랄하고 생기 넘치는 미래를 그리고 있다.

윤동주가 일본으로 건너간 후의 작품으로 현재까지 알려진 것으로는 「힌그림자」, 「흐르는거리」, 「사랑스런追憶」, 「쉽게씨워진詩」, 「봄」 등 5편이다. 윤동주가 일본에서 3년을 보냈지만, 이들 작품은 모두 일본으로 건너간 첫해의 여름까지인 도쿄 시절의 것이다. 1942년 여름방학 이후 1년가량을 보낸 교토에서 윤동주가 시를 지었다는 사실은 분명하지만, 교토 도시샤 대학 시절의 작품이 소개된 것은 없다.

시인이 「懺悔錄」을 쓴 것은 1942년 1월 24일이다. 창씨개명계를 계출하기 5일 전이다. 창씨개명은 그간의 인생을 송두리째 부정하는 것이었고, 시인의 삶의 여정에서 가장 큰 시련으로 다가온 것임에 틀림없다. 그 굴욕을 감내한 것은 그 희생을 치러서라도 이루어야 할 꿈이 있었기 때문임을 짐작할 수 있다. 그렇기 때문에 그 시련을 견딜 수 있는 에너지 또한 그 굴욕에 뿌리가 닿아 있다. 굴욕의 욕됨이 크고 그 뿌리가 깊을수록 새로운 희망에 대한 갈망이 그만

큰 더 간절하고 절실했기 때문임을 보여주고 있는 것이다.

「懺悔錄」을 두고 볼 때, 윤동주의 일본 유학은, 자신의 살아온 인생을 부정할 뿐만 아니라 생이 끝난 후에도 지속될 치욕을 안고 시작되었다. 그것을 각오하고 감행한 유학의 길은 '조선 독립을 위해서 자신이 민족문화를 연구하려면 다만 전문학교 정도의 문학연구로서는 부족하다고 보았기 때문'이었다. 시인에게 일본 유학은 그토록 절실한 것이었다. 그러나 그 길은 자기 부정의 굴욕이라는 문신을 새기는 길이기도 했다.

「흰그림자」와 「흐르는거리」, 「사랑스런追憶」 등에는 유소년기에 북간도에 몰려든 사람들의 풍광이 새로운 화자로 되살아나고 있다. 젊음은 오래 거기 남아 있으라고 절규하는 「사랑스런追憶」의 마지막 연은, 애절한 희망이 표현된 것이다. 이 시에서 젊음은 희망을 키우던 옛 거리이다. 그리고 '거기'는 막막하고 지리멸렬한 '여기'가 아니다. 역시 사랑과 희망이 있는 과거이다. 과거이면서 곧 갈구하는 미래의 상이기도 하다. 이 작품에서도 희망을 버리지 않고 갈구하는 화자를 읽을 수 있다. 물론 현실은 앞의 작품에서와 같이 어둠이나 안개에 둘러싸여 있다.

일본으로 건너간 후에 쓰인 세 작품에서 공통적으로 읽을 수 있는 것은 안개 속의 현실이다. 곳곳에서 향수를 느낄 수 있고 고향집이나 친구들에 대한 그리움이, 혹은 과거에 대한 회상이 흑백필름처럼 연달아 떠오르고 있다. 그런 데 비해 현실은 기대했던 것과는 너무 멀리 있다. 한층 높았던 꿈을 채워주지 못하는 현실은 활로를 찾지 못한 채 과거의 무게에 짓눌려 있다. 아침을 향한 불빛은 희미하기만 하고, 창밖은 여전히 안개가 자욱한 것이다.

윤동주의 초기시나 동시 작품부터 줄곧 발견할 수 있는 '희망을 잃지 않는 의지'를 일본유학기의 시에서도 여전히 발견할 수 있다. 「쉽게씨워진詩」의 앞부분에서 읽을 수 있는 고향에 대한 향수나 현실의 무기력감에 대한 토로는 앞 장에서 살핀 세 작품의 연장이다. 그러나 이 작품에서 화자는 여기에 머무르지 않는다. '등불을 밝혀 어둠을 내몰고 시대처럼 올 아침의 광명을 기다리는' 적극적인 행위를 할 뿐만 아니라 지금까지의 무기력한 나에 대해 반성하고 새로운 출발을 다짐하는 의식을 치른다. 그것이 '握手'의 형태로 나타난다. 미래에 대한 희망을 간직하는 데 머물렀던 앞 시기의 작품들에 비해 이 작품이 갖는 본질적인 의의가 바로 이것, 곧 미래에 대해 능동적인 태도와 구체적인 노력을 보인다는 점이다.

「봄」은 과거의 추억과 조국의 실상과 현실의 삶이 가져다주는 중압감을 이야기하던 작품들에서 보여준 절망과 향수를 극복하는 데서 그치지 않고 발랄한 생명력으로 거듭나고 있다. 이런 점에서 작가의 현실 극복과 미래 긍정의 강한 의지와 함께 그것에 대한 자신감을 선명하게 발견할 수 있다. 이 작품의 결정적인 의의가 바로 이것이다. 일본에서의 생활, 특히 도쿄에서의 생활에서 읽어낸 무력함과 절망감이라는 설익은 열매가, 미래에의 밝은 희망과 긍정적인 확신이라는 잘 익은 열매로 거듭나고 있음을 이 작품을 통해 확인할 수 있다.

1.5. 윤동주 시 정신의 연속성

시인과 시의 관계에서 볼 때 윤동주 시인은 삶의 토대의 문제를 자신의 문제로 내면화시켜 작품으로 창작했다. 그렇기 때문에 식민지시대의 억압 아래서 윤동주의 작품은 자연스럽게 저항시나 애국시가 될 수 있었다. 근래 중국이나 북한에서 이루어지고 있는 연구는 대부분 이 문제에 주목하고 있음을 확인하였다. 시인의 시 세계의 특징이 그러하므로 시인은 애국시인이요 저항시인이라는 결론에 도달하게 되는 것이다. 그 시대에 '한글'로 작품을 쓴 것 자체가 저항이라는 견해는 이런 점에서 타당한 지적이다.

시와 독자의 독서행위를 중심으로 볼 때, 윤동주 시인의 시는 '쉬운 단어들이 품어내는 감흥의 물결'이 감동의 원천이 된다. 작가의 의도가 독자를 구속할 수도 해방시킬 수도

있다는 점에서 보면, 즉 의도가 강조된 시는 독자의 독서행
위를 제약할 수 있다고 본다면, 독자가 경험하는 감흥이 다
양하다는 것은 시인의 자기 해방 의지가 독자의 해방으로
이어지는 것으로 해석할 수 있다. 예술의 일차적 목적이 해
방, 절대 자유라고 본다면 윤동주의 시는 이것에 다가가 있
는 것이다. 작품이 창작된 시대를 뛰어넘어 공간을 초월한
독자를 확보할 수 있고, 이들에게 보편적 감흥을 일으킬 수
있다는 것은 바로 이 때문이다.

윤동주의 시에서 보면, 초기시에는 북간도 체험이 바탕
에 있다. 그리고 개인의 감정을 노래하는 작품은 어머니나
고향, 조국에 대한 그리움을 그리고 있다. 그리고 희생적인
삶에 대한 입지나 현실의 고난을 극복하고자 하는 사회적
고뇌를 노래한 작품도 있다. 사회적으로 관심의 영역이 넓
어지는 작품들이 개인 내면을 고백하고 있는 작품들보다
모호성을 확보하였고, 이는 작품 의미의 다양한 해석 가능
성으로 이어지고 있다.

동심의 세계를 노래하는 동시는 그 양식이 가지고 있는
발랄한 생명성과, 그것이 그리고 있는 맑고 밝은 세계로 인
해 암울한 현실을 노래하는 작품에 청량제의 기능을 할 수
있다. 윤동주의 동시에서는 거대한 외부 존재의 횡포에 고
통받는 현실의 문제에서도 꺼지지 않는 희망을 읽을 수 있
다. 결여와 상실의 현실에서 당하는 막막한 심정과 현실에

패배하는 자아, 그리고 고향에 대한 원초적 동경심을 희망과 연결하는 끈으로 삼아 현실에 대한 출구 찾기의 두 모습이 그려지고 있다. 윤동주의 다른 시에서 나타나는 특징을 동시에서도 그대로 발견할 수 있다.

연희전문기의 시에서는, 초기의 것은 밝고 희망찬 기운이나 평온하고 안정적이며 문면에 희망이 배어 있는 작품이 주를 이룬다. 삶의 현실이 안겨 주는 시련과 절망에 눈 뜨는 작품에서는 자아에게 고통으로 다가오는 어둠의 표현으로 옮아갔다. 이 경우에도 희망의 불씨는 늘 간직되어 있는 것이 특징이었다. 그리고 절망에서 벗어나 새롭게 출구를 모색하는 모습을 보이거나 희생으로 희망의 꽃을 피우겠다는 의지를 표현하기도 하였다. 현실에 대한 인식이 점점 치열해지면서 시련의 극복의지를 잃지 않는 특징을 보이는 시기였다.

일본유학기의 작품은 이민족의 지배를 받는 피지배국의 청년이 가해자의 나라 이국땅에 발을 딛고 쓴 것이다. 초기의 것은 향수나 그리움 등 과거의 끈을 붙들고 있는 작품들로, 안개 속의 혼돈과 무기력함이 그려지고 있었다. 비교적 후기의 것에는 적극적이고 굳은 의지가 나타남으로써 미래에 대한 희망으로 표현되기도 했다. '암담한 현실의 아픔과 긍정적인 미래를 향한 의지의 표현'이라는 윤동주 시의 두 축이 일본유학기의 시에서도 여전히 유효했다.

　　윤동주 시인에게서 시 정신의 연속성을 발견할 수 있는 것은 일관된 작가 의식의 발로이다. 초기 시에서 중, 후기로 갈수록 경험 영역이 확대됨에 따라 세상을 바라보는 시야가 넓어지고 그에 따라 시인이 감당하길 자처하는 분야가 점점 늘어나게 되고, 그러면서도 일관성이 유지된다는 점이 지적되어야 한다. 세 차례에 걸쳐 새로운 삶을 설계하고 출발하는 시기에 다진 결의는 직면한 고난에 대처하고 그것을 극복하는 힘으로 작용하는 것도 확인하였다. 그리고 고난 속에서도 늘 희망의 봉오리를 준비하고 있었다는 것도 일관되게 나타나는 특징이었다.

2. 윤동주 연구 2: 연변에서의 연구 성과

2.1. 한·중·일 공통의 관심

『하늘과 바람과 별과 시』의 시인으로 알려진 윤동주만큼 한·중·일에서 공통적으로 관심을 보이는 시인도 드물다. 그가 남긴 작품이 100여 편에 지나지 않고, 작품 활동 기간도 10년 정도이다. 하지만 그의 「서시」·「별헤는 밤」 등은 우리에게 가장 사랑받는 작품 중의 하나이고, '동주'는 여전히 친근하게 느껴지는 이름이다. 중국에서는 연변인민출판사 중학생 잡지사에서 주관하는 '윤동주 문학상' 수상자들이 2001년부터 매년 한국 연수를 개최하고 있다. 또한 한국과 일본 등에서도 윤동주 시를 읽는 모임이 결성되어 활동하고 있고, 중국과 한국, 그리고 일본의 교과서에도 윤동주의 시가 실리고 있다.

이 글은 중국 연변에서 이루어진 윤동주와 그의 시에 대한 연구 성과를 정리하고 그것을 소개하는 데 목적이 있다. 윤동주가 한·중·일에서 공통적인 관심을 받고 있는 것은 그의 이력을 통해서 그 원인을 찾을 수 있다. 한국인으로 연변에서 태어나 일본에서 식민지 치하에 희생된 그의 비극적인 삶이 우리나라와 연변의 후손들, 그리고 일본의 양심적인 지식인들에게 윤동주의 이름을 남겼고, 그의 시가 발하는 빛과 향기가 우리나라는 물론 연변과 일본의 연구자들에게 '암흑기의 별과 같은 존재'로 평가받고 있는 것이다.

동주는 1917년 만주에서 태어나 명동소학교를 거쳐 은진중학교와 평양의 숭실중학교에서 수학하고, 연희전문학교를 졸업한 후 1942년 3월 일본으로 건너가 도쿄 릿교 대학을 거쳐 10월에 교토 도시샤 대학 영문과에 편입하였다. 1943년 7월 14일, 27세에 독립운동이라는 죄명으로 구금되어 44년 3월 2년형을 언도받아 규슈 후쿠오카 형무소에 수감되어 해방을 맞는 해 2월 16일에 29세의 나이로 옥사했다. 그의 유해는 고향으로 돌아와 3월 6일 북간도 용정에 묻혔고, '詩人尹東柱之墓'라는 비석이 세워졌다. 그 후 1985년에 일본의 오무라 마쓰오(木村益夫) 교수에 의해 묘와 비석이 발견되었다.

1948년 1월 유고 31편이 정지용의 서문과 함께 시집 『하늘과 바람과 별과 시』로 간행되었고, 1955년 증보 출간된 후, 1995년 광복 50주년이자 윤동주의 50주기에 문학사상 사에서 전집이 간행되었다. 이 책에 97편의 시와 4편의 산문이 수록되었다. 1995년 2월 13일부터 17일까지 '민족시인 윤동주 발자취 탐방' 행사가 한국대학신문사와 한국문학평론가협회 공동 주최로 열렸고, 같은 해 6월 14, 15일 연변에서는 '민족시인 윤동주 50주기기념학술토론회'가 개최되었고, 일본에서는 1994년 10월 '윤동주의 시를 읽는 모임'이 결성되어 매월 정기적인 모임을 갖고 있다.

현재까지 한국에서는 10편 이상의 박사학위논문과 6권 이상의 전기 혹은 평전을 비롯해 300여 편의 연구논문에서 윤동주와 그의 시에 대한 연구를 진행하였다. 1997년 2월 15일에는 계원조형예술전문대학에서 '尹東柱 詩人 52週忌 韓·日 文學 세미나'를 개최하였다. 이 세미나는 일본의 '윤동주의 시를 읽는 회'를 초청하여 「尹東柱의 事跡에 대하여」(木村益夫)·「垂直意志의 Lyricism – 尹東柱와 中野重治」(杉眞理子)·「나에게 주어진 길 – 윤동주에 있어서 언어의 의미」(西岡健治)와 「尹東柱 文學, 어떻게 읽을 것인가」(정현기)·「尹東柱 안에서의 우리의 만남」(김우종) 라는 글의 발표와 토론이 있었다. 이 외에도 경산대학교에서 2002년 4월 24일 '일본에서의 윤동주 열기'라는 제목의 세미나를 개최하는 등 각종 행사들이 행해지고 있다.

2.2. 행적과 작품 연구

2.2.1. 시인의 행적 연구

윤동주가 일본에서 옥사한 뒤 유해가 고향에 돌아와 묻힌 지 40년이 지나기까지 연변에서는 그의 존재마저 모르고 있었다. 1985년 봄 오무라 교수의 노력으로 그의 묘가 발견되고 윤동주에 대한 한국과 일본 등지의 연구 성과가 전해지기 전까지 조선민족문학연구에 종사하는 교수들마저도 윤동주 시인의 존재나 작품 등에 대한 관계 자료를 전혀 접촉하지 못하고 있었다.

오무라 교수는 연변대학 민족연구소의 객원연구원으로 중국을 찾아, 동주의 묘를 찾고 비문과 광명중학 재학 시의 학적부를 공개하였으며, 시인의 옛 집터를 찾는 등 행적에 관한 자료를 수집하여 「윤동주의 사적에 대하여」(≪조선학보≫, 1989. 10.)를 발표하였다. 이것이 불씨가 되어 박동철이 「고귀한 령혼을 부르며」(≪문학과 예술≫, 1985) · 「비명에 쓰러진 저항시인 - 윤동주」(≪종합신문≫, 1987. 7. - 8.) · 「바람에 스치우는 별을 지켜」(≪천지≫, 1987) 등을 발표하였다. 전종록의 「윤동주를 추억하며」(≪문학과 예술≫, 1988), 기자의 「바람에 스러진 별 하나를 그리며」(≪문학과 예술≫, 1988), 림연의 「고향이 낳은 시인 - 윤동주」(≪길림신문≫, 1991) 등과 류기천의「불멸의 시인 윤동주」(『룡정전설』, 1993)와 임윤덕의「저항시인 윤동주」(≪천지≫, 1993), 한신옥의「시인 윤동주가문의 비운」(≪월간중앙≫, 1995) 등의 연구가 이루어졌다.

　그리고 고종이었던 송몽규의 행적을 밝힌, 한정길의「청년문사 송몽규」(≪문학과 예술≫, 1990), 권철의「청년문사 송몽규의 형적을 더듬어」(≪문학과 예술≫, 1994) 등과 한정길·조신옥의「저항시인, 가정의 비운 – 윤동주 친인들의 발자취를 더듬어」(『윤동주와 ≪별≫의 만남』, 1997)에서 윤동주의 행적이 같이 소개되고 있다.

윤동주의 사적과 시편들을 더듬던 나날 조신옥은 전기적 색채가 다분한 윤동주의 생애와 그의 아름다운 시편들에 매혹되었다. 그 몇번이나「서시」를 읊으며 시인의 깨끗한 심령을 헤아려 보았던가. 사실주의적 필치로 엮어진 시편들에서 숨 쉬는 저항시인은 문학도인 조신옥을 그렇게 취하게 만들었다.
어느 날 하학하고 집에 돌아간 신옥은 송우혜의 저서 『윤동주 평전』에 실린 사진을 부모님들에게 보여 드리면서 윤동주 시인의 평탄하지 않은 생애에 대하여 이야기하기 시작하였다.
한편에서 윤동주의 사진을 유심히 들여다보시던 그의 어머니가 혼잣말처럼 입을 열었다. "신통한 사람도 있구나. 폐결해으로 사망한 윤광주와 비슷해!" 윤광주? 신통한 모습? 이야기하던 신옥은 어딘가 짚히는 데가 있어 말꼬리를 삼켜버렸다. 흥미 있는 문제였다.
(……)그의 어머니는 추억의 쪽문을 열었다. "지금도 보는 듯하다. 당시 폐결핵 말기였기에 몸이 그처럼 앙상했지? 큰 키에 여윈 장방형얼굴에 광대뼈가 두드러졌고 부리부리한 눈만은 정기를 잃지 않았지(……)"

위의 글은 동주의 모교인 용정중학교 ≪별≫ 잡지사에서
낸 책 『윤동주와 ≪별≫의 만남』에 실린 한정길·조신옥
의 「저항시인, 가정의 비운 – 윤동주친인들의 발자취를 더
듬어」의 앞부분이다. 실증적인 측면은 떨어지지만, 윤동주
시인과 가족사에 대한 이야기를 상상력의 바탕하에 기술하
고 있다.

2.2.2. 시인의 시 연구

지난 1995년 6월 14일부터 이틀간 룡정에서 개최된 '민
족시인 윤동주 50주기 기념 학술토론회'는 '연변대학조선
한국연구중심, 중국작가협호연변분회, 연변사회과학원문학
예술연구소, 연변대학조선언어문학부, 연변대학조선언어학
연구소, 룡정시문학예술계련합회' 등 6개 단체가 공동주최
하였다. 이때 발표된 논문(개·폐회사 포함)은 다음과 같다.

- 정판룡 「중국조선족과 시인 윤동주 – 민족시인 윤동주50주기 기
  념학술토론회개막사」
- 장춘식(중국사회과학원민족문학연구소) 「윤동주 시의 이미지특점에
  대한 분석」
- 리해산(연변대학) 「윤동주 시와 현대파의 내재적련계에 대한 연구」
- 김만석(연변대학) 「윤동주의 동시에 대한 연구」
- 전춘매(연변대학 문학연구생)·김성룡(중앙인민방송국) 「윤동주
  시의 괴로움의 심성과 고독의 세계에 대한 연구」
- 김경훈(연변문학예술연구소) 「윤씨네 삼형제 윤동주, 윤광주, 윤일

주 시에 대한 비교연구」
- 임윤덕(연변대학)「윤동주 시의 심미가치에 대한 연구」
- 차중남(룡정시문화관)「윤동주 시의 고독의 세계에 대한 고찰」
- 전성호(연변문학예술연구소)「윤동주 시의 반항성격에 대한 연구」
- 권철(연변대학)「시인 윤동주 50주기를 맞이하여 - 근년래 시인을
  추모하여 한 일들에 부쳐」
- 최삼룡「폐회사」

그리고 『민족시인윤동주50주기기념 학술토론회론문집』
(룡정시문학예술계련합회, 1996)에 실린 글은 다음과 같다.

- 정판룡「중국조선족과 시인 윤동주 - 민족시인 윤동주 50주기 기
  념학술토론회의 개막사」
- 장춘식「하늘을 우러러 한점 부끄럼 없는 별 - 윤동주 시의 이미
  지 분석」
- 임윤덕「윤동주 시의 심미가치에 대하여」
- 류기천「윤동주의 생애, 옥사, 묘소」
- 전성호「저항의 심성을 지닌 방황자 - 윤동주간론」
- 김성룡「윤동주의 저항과 고독의 세계」
- 리해산「윤동주의 시와 현대파시의 내재적 련관성」
- 김만석「윤동주의 동시연구」
- 김경훈「조화와 갈등의 틈사리에 마주서서 - 윤씨네 3인시 비교」
- 차중남「고독할수밖에 없었던 시인」
- 전춘매「윤동주 시의 '괴로움'의 심성」
- 권철「시인 윤동주 50주기를 맞이하여 - 근년래 시인을 추모하여
  한 일들에 부쳐」
- 최삼룡「폐회사」

또한 같은 해 ≪문학과 예술≫ 11, 12월호에서 '고향이
낳은 시인 윤동주'를 기획조명하면서 림연(주필)의 「서서히

빛을 뿌리는 혜성」과 윤동주의 시 12수(「또다른 고향」·「별 헤는 밤」·「간」·「태초의 아침」·「돌아와 보는 밤」·「산골 물」·「코스모스」·「슬픈족속」·「유언」·「트르게네프의 언덕」·「아우의 인상화」·「사랑스러운 추억」)와 함께 정판룡·류기천·일철(권철)·최삼룡·리해산·임윤덕의 글이 재수록되었다.

그 외에도 주로 잡지에 소개된 윤동주 시에 대한 연구 논문들은 다음과 같다.

- 「민족의 절개를 굳게 지킨 저항시인 - 윤동주」(룡정중학교 ≪동창보≫ 2호, 1985. 11.)
- 「고귀한 령혼을 부르며 - 시인 윤동주의 묘지앞에서」(박동철, ≪문학과 예술≫, 1985년 6월호)
- 「바람에 스러진 별하나 그리며」(≪문학과 예술≫, 1988년 3월호)
- 「윤동주를 추억하여」(≪문학과 예술≫, 1988년 3월호)
- 「외롭게 대화하는 자」(≪문학과 예술≫, 1989년 1월호)
- 「바람에 스치우는 별을 지켜」(≪천지≫, 1987. 12.)
- 「윤동주의 시세계」(≪장백산≫, 1991년 3월호)

림연은 「서서히 빛을 뿌리는 혜성」(≪문학과 예술≫ (1995년 6월호)에서 다음과 같이 적고 있다.

우리는 국외보다 근 40여년이나 뒤늦게 윤동주란 시인을 알게 되였으므로 지금 첫단계의 작업으로 그의 지명도를 넓히는 시기에 이르

렀다.(……) 국외에서 근 40여 년간 윤동주연구에 바쳐진 수백편의
글의 성과에는 비할 바 안되지만 우리의 글들은 한결같이 고향이
낳은 위대한 시인에 대한 열렬한 감정과 높이 숭상하는 열기에 불
타고 있으며 누구나 '항일지사', '저항시인'이라는데는 이의가 없다.
특히 『중국조선족문학사』에는 『조선족문학개관』(1981)에 이름조차
없던 윤동주가 일약 '항일시기의 이름있는 시인의 보좌에 오르기에
손색이 없다.', '조선족시문학을 한결 높은 단계로 끌어올린 시문학
으로서 우리 조선족문학사에 빛나는 한페지로 남아 있을 것이다'라
고 높이 추대하였다.

윤동주 시인이 중국에 알려진 뒤 그에 대한 관심이 고조되
고 있으며, 그의 작품에 대한 연구가 활기를 띠고 있다는 내
용이 나타나 있다. 그리고 윤동주 시인에 대한 평가는 항일
시기에 저항 시인으로 인정받고 있으며, 문학적 성과 역시 조
선족 시문학을 대표할 수 있는 위치에 있음을 기술하고 있다.

2.3. 연구 의의 및 과제

2.3.1. 연구 의의

학술논문집에 실린 논문 중 「윤동주의 시와 현대파시의
내재적련관성」(리해산)과 「윤동주 동시연구」(김만석) 등이
아직 한국 내에서의 연구 성과가 미흡한 부분이다. 리해산
은 동주의 시와 상징주의, 그리고 이미지즘의 영향관계를
분석하였다. 동주가 상징주의 및 이미지즘 계열의 이론서

및 작품을 읽은 독서 이력을 추적하고, 동주의 작품에서 이들 사조의 특징을 도출하는 것으로 논문을 전개하여 다음과 같은 결론을 내리고 있다.

윤동주의 시는 현대파의 시 특히 상징주의 시와 내적련관성을 가지고 있다. 그것은 내부지향적인 표현경향, 상징과 암시의 표현방법, 주관에 의한 인식적 역할과 예술적상상의 창조적역할에 대한 중시, 내재적운률을 위한 시의 음악성 및 일련의 이미지창조에서 그 련관성이 표현되고 있다. 그러나 상징의 수이성, 몽롱성, 난해성, 신비성 등을 추구하지는 않았으며 이미지의 창조도 서구적인 사고방식에 의한 것이 아니다.
그러므로 윤동주의 시는 동양적인 사고방식과 동양인의 사상감정에 맞는, 알기 쉬운 언어에 상징주의와 이미지즘의 유용하고 우수한 표현수법을 적당히 수용하여 전통적인 사실주의와 랑만주의의 한계성을 넘어섰고 현대파시의 맹목적인 직수입도 거부한 새로운 예술표현 방식을 시도한 시들이다. 그리고 일정한 질적수준에 오른 시이다.
(……)

김만석은 윤동주의 동시에 대한 연구가 중국에서는 물론 한국에서도 별로 진행되지 못하고 있다고 지적하면서, 동주의 동시학습과 창작, 그가 추구한 동시형태, 그리고 동시의 사상미학적 가치로 나누어 비교적 체계적인 고찰을 하고 있다. 그 결론 부분은 다음과 같다.

첫째, 윤동주는 동시창작으로부터 문단에 소문없이 나타나 1930년대 조선동시혁신의 연대에 탐구적자세로 여러 가지 동시형태에 걸쳐 적잖은 성과작을 세상에 내놓았다.(……)

둘째, 윤동주는 중국조선족아동문학형성기인 1930년대의 작가로서
중국조선족 항일아동문학시기에 자유동시확립의 정초자이며 예술적
인 동시로써 반일저항의식을 오묘하게 반영한 우리의 자랑찬 동시인
이다. 때문에 그의 동시작품은 우리 항일아동문학의 귀중한 재부로
되며 그의 이름은 항일아동문학에서의 기둥작가로 빛나는 것이다.
(……)
셋째, 윤동주는 중국북간도 태생으로서 중국조선족아동문학의 대표
자일뿐만아니라 그가 거둔 창작적성과로 하여 전반 조선아동문학에
서도 그 위치 상당한 동시인인 것이다.(……)

중국 조선족의 윤동주 시에 대한 연구가 '저항 시인' 등
으로 다분히 심정적인 측면에 의존하는 측면이 강한 것은
사실이다. 또한 작품의 내재적 구조나 미의식 등에 관한 연
구는 상대적으로 취약한 부분이다. 그러나 위에서 보듯, 리
해산, 김만석 등의 작업에 힘입어 중국에서의 연구도 방법
론 측면의 다양한 시도가 이루어지고 있고, 질적인 수준 또
한 발전을 거듭하고 있음을 알 수 있다.

2.3.2. 새 자료 발굴

윤동주 시인이 일본으로 건너간 후의 작품으로 현재 5편
(「흰 그림자」·「흐르는 거리」·「사랑스런 추억」·「쉽게 씌
어진 시」·「봄」)이 알려져 있다. 동생 윤일주 교수가 "일본
에서 체포될 때 압수당한 많은 작품들이 언젠가 드러나 이
렇게 발표되었으면 얼마나 좋을까 생각을 해 본다."고

1973년 8편의 유고를 공개하면서 남긴 말과 같이, 일본 유학 시기에 창작된 작품이 상당수 있었을 것으로 믿어지지만, 이 시기의 시가 아직 발견되지 않고 있다.

이 시기는 동주가 동경 유학을 위해 창씨개명을 하고 남긴 「참회록」 이후 고민의 강도가 더 커졌고, 독서와 시대에 대한 인식을 토대로 한 정신적 성숙도가 한층 높아졌으며, 발표되는 작품의 수가 점점 많아지고 있었다는 점에서 '시인 윤동주' 연구에서 그 중요한 위치를 차지하기 때문에 작품 발굴에 대한 갈증이 한층 심하고, 그 아쉬움 또한 클 수밖에 없다.

차중남이 「고독할 수밖에 없었던 시인」(논문집 p.130)에서 작품 하나를 새로 발견했다고 발표했다. 그는 이 작품을 임종 직전에 쓴 시라고 주장하면서 큰 수확이라고 하였다. 한역되어 있어 본 모습은 추측에 의존할 수밖에 없는 시인데, 차중남의 글 해당 부분과 그가 제시하는 시 원문을 옮겨 보면 다음과 같다. 그리고 맨 아래의 것은 번역문을 바탕으로 하여 시인이 썼을 원고를 추측하여 본 것이다.

> 사학계의 원자탄 하나를 터치려 한다. 그전엔 중시하지 않다가 이번에 ≪용정현문화지≫를 들추다가 윤동주 유작시 「路歸」가 실려 있는 것을 보았다. 주해에 분명히 "윤동주는 1943년 7월에 일본감옥에 붙들려 들어가서 1944(1945의 오자인듯)년 2월에 일제에게 살해되었는데 28세였다. 림종전에 그는 이시를 썼다."고 했으며 작시

년월은 1945년 2월이라고 했다.

頓知死亡, 我無惧畏(문득 죽음을 아니 나에게는 두려움이 없네)
面向蒼天, 問心無愧(창천을 바라보며 마음에 부끄러움 없는가를 묻
노라)
心中星星, 永放光輝(마음속의 별들은 영원히 빛을 발하네)
愿扶死神, 定把路歸(사신에 의지하여 돌아갈 길 알려주길 원한다.)

「돌아갈 길」

죽음이 멀지않음을 알지만
두려움이 없네

티없는 하늘에
양심의 부끄러움을 물으니
마음 속 별들은
영원히 빛을 발하네

죽음에 의지해서라도
제길로 돌아갈 수 있다면

　　차중남 님이 '사학계의 원자탄'이라고 표현한 이 시는 확
인 작업 결과 임종 직전에 일본에서 쓴 시라기보다, 윤동주
「서시」를 한역한 것으로 보는 것이 타당할 것으로 보인다.
창작 연월일 등은 후대 사람들이 착오를 보인 것으로 판단
된다. 이 작품의 경우 검증 작업 결과 착오로 판명되었지
만, 묻혀 있는 새로운 자료를 발굴하려는 노력은 후대 연구
자들이 게을리할 수 없는 중요한 작업임에 틀림없다.

이런 면에서 지난 2000년에 용정에서 소개된 윤동주 시인의 스크랩북 세 권은 상당히 중요한 의의를 가진다고 하겠다. 이 책의 말미에 사진과 함께 발굴 경위와 내용 목록을 싣고 있다. 이것이 비록 시인이 창작했던 작품은 아니지만, 시인이 문학 공부를 하면서 읽었을 것으로 추측되는 글이므로, 시인의 독서 이력과 작품 창작 간의 관계를 규명하는 것이나 시인의 정신세계를 연구하는 데는 중요한 자료가 될 수 있다는 점에서 그 가치를 가볍게 여길 수 없다.

2.3.3. 과제와 전망

연변에 '시인 윤동주'가 알려진 지 10여 년에 지나지 않고, 그것도 사적 연구에 치중돼 있어 시에 대한 연구 성과는 양과 질에서 한국과 비교해서 상대적으로 부족한 점이 보인다. 연구 논문을 보아도 한국의 연구 성과가 인용되는 예도 드물다. 송우혜 님의 평전과 마광수 교수의 박사학위논문 등과 일부 단행본에 제한되어 있다. 특히, 한국에서 수적인 면에서 상당한 양을 차지하고 있는 석사학위논문의 인용 사례는 발견할 수 없었다.

이런 현실은 한국에서도 크게 다르지 않다. 300편이 넘는 논문이 발표되었지만, 그것에 연변의 연구 성과가 수용되는 예는 쉽게 발견할 수 없었다. 필자가 2001년에 경북대학교 박사학위 논문으로 제출한 「윤동주 시의 의식현상학적 연구」가 남북한과 중국, 일본 등의 연구 성과를 수렴한 최초의 연구로 평가된다. 연변에서의 윤동주 사적과 일본에서의 자료 등은 중·일의 연구자들이 한국의 연구자들보다 나은 조건에 있다.

작품 연구에 있어서도 방법론의 교류와 공동연구 등이 윤동주 시 연구의 진척을 가져올 수 있을 것이고, 시인의 행적과 시의 평가 사이에 일정한 거리를 유지하는 데도 세미나 등을 통한 국제간의 교류와 공동연구가 기여할 것으로 보인다. 한국과 중국과 일본의 연구 성과들에 관한 자료 교류를 확대하는 노력은 향후 윤동주 연구의 질적 성장을 기대할 수 있는 부분이다. 또한 번역 작업을 통해 영어권 등으로 윤동주 시인을 소개하는 시도를 확대하는 것은 시인이 남긴 문학적 향기를 더 많은 지역에서 더 많은 사람들이 경험할 수 있는 길을 여는 것이다.

3. 윤동주 독법 1: 영혼의 빛깔 엿보기

3.1. '시(詩)'라는 투명한 옷 짜기

동화의 세계에서 착한 사람의 눈에만 보인다는 옷을 입은 임금님의 알몸은 어떤 모습일까. 우리가 착한 사람이 아니라면 아름다운 옷을 볼 수 있는 행운은 우리의 것이 될 수 없겠지만, 그나마 다행하게도 우리는 벌거숭이 임금님의 모습을 볼 수 있을 것이다. 시의 나라에서 시인이 입는 詩라는 옷은 때로 황홀하고 때로는 짙은 향을 풍긴다고 하는데 그 옷은 각양각색의 모양이라고 알려져 있다. 그래서 옷을 보고 그 아름다움에 감흥을 느끼고 그 향기에 도취되기도 하지만 정작 시인의 알몸을 구경하는 것은 여간 어려운 일이 아니다. 그것은 시인이 입는 옷은 보는 방향에 따라서 다양한 빛으로 변하기도 하고 아침저녁으로도 그 향이 달라지기 때문이다.

시인의 취향에 따라서 우리는 또 다른 묘미를 맛보기도 한다. 몸에 밀착되는 옷을 즐겨 입는 시인에게서 우리는 육체의 곡선을 느낄 수 있다. 불룩 나온 배나 근육질의 다리를 가진 시인의 모습을 확인할 수 있는 것이다. 그러면서 우리는 시인 가슴에 난 털까지도 볼 수 있게 하는 투명한 옷을 입은 시인을 기대하기도 한다. 때로는 그런 옷을 입은 시인에게서 옷의 아름다움과 함께 그 속의 모습까지 함께 경험한다. 이런 경우에 우리는 시가 마음의 거울이 됨을 알 수 있다. 여기에서 시라는 거울은 시인의 영혼을 비추는 신비한 기능을 하게 된다. 이때에 이르면 거울은 우리에게 시인의 영혼을 들여다볼 수 있는 길을 열어주는 것이다.

시를 통해서 시인의 영혼을 들여다볼 수 있는 시인의 목록이 있다면 거기서 우리는 윤동주라는 이름을 쉽게 발견할 수 있을 것이다. 각종 수식어가 따라다니는 우리들의 대표적인 애송 시인일 뿐만 아니라 중국이나 일본, 북한에서까지 전문 연구자들의 관심의 대상이 되고 있다. 그리고 영어나 프랑스어 등으로 번역되어 서구에까지 그 독자층을 넓혀 가고 있다. 저항시인으로 이야기되기도 하고 부끄러움의 시인이라 불리기도 했다. 또한 그의 시는 자기성찰의 내면적 갈등이나 종교적 순결의식이 표현된 시 등의 평가를 받아 왔다. 그러나 빠뜨릴 수 없는 것은 그의 시가 인류보편의 감동을 주는 시로 주목되고 있다는 점이다.

윤동주 시인을 두고 이야기할 때, 시대와 지역의 한계를 뛰어넘는 보편적인 감흥이 있다고 한다. 이는 윤동주의 시가 개인의 고뇌와 시대적 압박을 재료로 생성되긴 했지만, 그것의 열매는 그 일상의 틀에 그치지 않고 더 넓고 높이 향기를 내뿜고 있다는 것을 말해 주는 것이다. 이와 함께 윤동주의 시가 내뿜고 있는 향기의 원천은 역시 시인의 영혼에 있다는 점이 지적되어야 할 것이다. 시공의 거리를 넘어서 우리가 시인과 교감할 수 있는 것은 우리에게는 그가 남긴 詩라는 통로가 있기 때문에 가능한 것이다. 보편적 감흥을 획득하는 원천, 그리고 다양한 독자를 확보하는 힘은 윤동주의 시가 그것을 통해 시인의 영혼에 닿을 수 있기 때문이라 하겠다.

3.2. 자기 소멸과 희생의 길

시인은 자신을 드러내는 행위의 하나로 시를 쓴다. 그래서 한 편의 시는 시인의 생각의 결정체라고 말하기도 한다. 때로는 시는 시인의 영혼의 향기라고도 한다. 이 말도 역시 시인은 시를 통해서 시인을 말한다는 점을 다르게 표현한 것이다. 이때 시를 통해서 우리가 들을 수 있는 시인의 소

리는 육성 그대로가 아니라 은유라는 확성기를 통해서 나
온 것이다. 그래서 우리는 확성기를 거쳐서 나오는 소리에
귀를 기울임으로써 시인의 소리에 접근할 수 있다. 이때 시
인은 자신이 궁극적으로 말하려는 것을 그대로 하는 대신
우리에게 익숙한 것을 통해서 우회적으로 들려주려고 한다.
이는 쉽게 경험할 수 있는 것을 통해서 그 너머에 있는 무
엇에 다가갈 수 있는 길을 터주는 시인의 배려이다.

초한대—
내방에 품긴 향내를 맛는다.
×
光明의 祭壇이 문허지기젼,
나는 깨끗한 祭物을보앗다.
×
염소의 갈비뼈같은 그의몸,
그의 生明인 心志까지
白玉같은 눈물과피를 흘려,
불살려 버린다.
×
그리고도 책머리에 아롱거리며,
선녀처렴 초ㅅ불은 춤을춘다.
×
매를 본꿩이 도망가드시
暗黑이 창구멍으로 도망한,
나의 방에품긴
祭物의 偉大한香내를 맛보노라.

－「초한대」

위의 인용 시에서 동원되고 있는 촛불도 이런 경우라고 할 수 있다. 일반적으로 초는 어둠을 밝히는 데 쓰이는 것이 일차적인 용도이지만, 시인에게 있어서 촛불의 쓰임은 이를 넘어서고 있음을 발견할 수 있다. 우리가 주목하는 촛불은 초가 스스로의 몸을 태워서 피워내는 불꽃이다. 그 불꽃은 생명까지 불사르는 것이기에 '피를 흘리는' 것이 될 수 있다. 이때 촛불은 자신을 구하기 위한 희생이 아니라 어떤 '가치'를 실현하기 위한 희생이다. 이 때문에 우리는 이 희생에는 무엇을 향한 지향점 혹은 소망이 있음을 간파할 수 있다. 불꽃은 천정을 향해 위로 상승하는 수직의 존재이다. 그래서 아래 시에서와 같이, 촛불이 생명을 불사르는 행위는 수직상승하여 승리를 예비하는 것이 될 수 있는 것이다.

시인의 목소리는 가을밤 이렇게 들려오고 있는 것이다. 이는 마치 시적 화자가 시인이 되어 이야기하고 있는 느낌으로 우리에게 다가온다. 위에 인용된 작품에서 보듯이 초는 '그의 生命까지 불살라' 버리며 '白玉같은 눈물과 피를 흘림'으로써 자기희생을 감내하고, 그 희생을 통해서 제물로서의 사명을 완수하고 있다. 초가 희생을 통한 제물로서 기능하는 것은 자신을 스스로 불태우는 데 있다. 불태움은 빛을 생성하여 그것을 발산함으로써 주변에 광명을 베풀지만 그것은 초에게 있어서는 자기 소멸이 전제될 때만 가능하다. 이는 자기희생의 표본이 되는 것이라고 할 수 있다. 이런 점에서 초의 불사름, 곧 '촛불'에 주목하지 않을 수 없는 것이다.

위에 인용된 시에서 화자는 '내방' 안에서 '초 한대'가 타들어 가는 모습, 즉 하늘을 향해 스스로 몸을 태우는 것을 본다. 초가 자기의 몸을 불태움으로써 자기 소멸, 곧 자기희생을 마다하지 않는 것이다. 그 촛불은 방 안의 '暗黑'을 '창구멍'으로 내쫓음으로써 초가 '祭物의 偉大한' 역할을 다하게 하는 것이다. 여기서 배경이 되고 있는 방안은 시인의 손길을 거치게 되면, 초가 타고 있는 물리적인 공간으로서의 방에 머무르지 않는다. 그것은 세계 혹은 우주의 축소판으로 확장되기에 이른다. 초의 희생에 의해 소멸되는 '암흑'은 세계의 부조리와 모순을 상징하고 있음을 우리는 쉽게 감지할 수 있다. 그러므로 초에게서 발견하는 희생과 헌신의 실천은 이 시의 의미를 지탱하는 중심고리의 역할을 하게 됨을 알 수 있다.

암흑의 공간이던 '내방'을 광명이라는 새로운 세계로의 전환을 이루었다는 점에서 희생을 감내하면서 피워내는 '촛불'의 위치와 역할은 새롭게 자리매김되는 것이다. 이때는 촛불이 자기희생을 통한 어둠과의 결투에서 승리를 확보하는 순간이다. 여기서 촛불의 승리는 자유를 획득하는 것이고, 이때 절대 자유가 실현된 세계로서의 '방'은 빛의 복음이 골고루 미치는 평등의 공간으로 확장된다. 촛불이 고독하게 몸을 태움으로써 만든 빛은 서로 융통하고 침투함으로써 존재들 간의 차별 없는 새로운 관계를 형성하게 되므로, 여기서 '방'은 평등의 공간으로 거듭나게 되는 것이다.

촛불이 조화와 통일의 세계를 지향하고, 그 불빛은 차별과 대립이 해소된 세계를 생성하게 된다는 것은 촛불이 '방' 안팎 세계의 경계를 허물 수 있음을 의미한다. 이런 점에서 촛불은 '현실과 비현실 사이에 걸쳐진 불의 다리'라고 할 수 있다. 방의 안에 있던 '暗黑'은 촛불에 의해 방의 밖으로 이동하게 되는데, 이때 '창구멍'이 그것의 통로가 된다. 그러나 그것은 아직 미완의 것이다. 방 안팎 세계의 공존은 촛불로서는 완성할 수가 없는 것이다. 촛불의 '유한성'이 그것을 대변하고 있다. 촛불이 수명을 다하고 초의 존재가 사라지게 되면 창구멍으로 나갔던 '암흑'은 다시 방 안으로 들어오게 됨을 알 수 있다.

그런 점에서 우리는 '새벽'이 찾아올 때까지라는 구절을 눈여겨보게 되는 것이다. 우리는 초가 자신의 불사름을 통해서 새벽을 청하는 존재가 됨을 알 수 있다. 촛불이 궁극적으로 새벽의 도래를 지향하고 있다. 여기서 '새벽'은 「또 다른 고향」에서의 '아름다운 고향'이나 「길」에서 담의 '저편', 「자화상」에서의 '우물 속' 등과 같은 세계이다. 이 점에서 그것은 현재의 순간을 통해서 영원을 지향한다고 볼 수 있다. 촛불의 불꽃이 시간의 벽을 '소통'할 수 있는 세계를 창조하면서 '방'이라는 공간의 벽을 자유로이 '소통'

함으로써 방을 '暗黑'으로부터 해방시킨다고 볼 때, '새벽'의 도래는 곧 나의 방이 해방의 공간이 됨을 의미한다. 따라서 촛불이 궁극적으로 제시하고 있는 것은 절대 자유c의 세계라고 할 수 있다.

여기에 이르면 우리는 윤동주 시인이 애써 말하려고 하는 것에 다가갈 수 있다. 그는 광명의 싹을 틔우기 위해 씨를 뿌리고 있는 것이다. 시인이 바라본, 시인이 살고 있던 시대는 '어둠의 방'이었다. 그것은 어둠을 밝혀야 하는 과업과 함께 방이라는 한정된 공간의 제약을 벗어나는 문을 내어야 하는 사명이 주어졌음을 말하는 것이다. 시인은 이에 대해서 자기 소멸의 초가 되겠다는 결의를 보인 것이고, 그것이 자기희생의 길이라 할지라도 그것을 마다하지 않겠다는 의지를 표명하고 있는 것이다. 아궁이의 불길이 구둘 밑을 돌아 연기로 굴뚝을 나오는 것처럼, 시인은 현실에 부딪혀 희망의 연기로 피어날 불꽃을 피우고 있음을 우리는 몸으로 느낄 수가 있는 것이다.

3.3. 담 너머 새로운 길

일제 식민지하에서 일본의 존재는 한반도 전역에 있는 한국인들의 모든 삶과 행동에 불신과 불확실성, 그리고 공포의 그림자를 드리우는 어마어마한 우산과도 같았다. 그것은 벽으로 막힌 길, 끝이 보이지 않는 암흑의 길을 매일 걸어야만 하는 민초들의 삶을 상상하게 해 준다. 조상으로부터 내려오던 뿌리인 성을 갈게 하는 것은 인간 개체의 존재를 부정하는 행위이다. 말과 글을 쓰지 못하게 하는 것 또한 뿌리를 절단하고 새로운 개체로 순식간에 거듭나야 함을 강요당한 것이라고 하겠다. 이런 상황은 한정된 기간 내에, 한정된 지역 내에서가 아니라 무차별적으로, 무제한적으로 행해졌다는 점에서 민초들이 느끼는 고통의 정도나 위기감은 점점 고조될 수밖에 없었다.

그렇기 때문에 식민통치자들에 의해 드리워진 검은 그림자는 한국인들을 빛이 차단된 암흑의 세계에서 살 수밖에 없도록 만들었다. 식민지 상황에서 일본의 존재는 '거대한 검은 우산'과도 같았다는 지적은 시사하는 바가 크다. 한민족의 삶의 토대가 암흑세계였음을 밝히는 글이기 때문이다. 아래에 인용한 시에서 암울한 현실에 드리운 어둠의 기운을 감지할 수 있다. 이는 바로 당대를 살았던 윤동주 시인이 겪었던 '검은 우산' 아래에서의 경험을 보여주는 것이라 하겠다. 이 경험은 당대를 살았던 모든 민중들에게 보편적으로 적용할 수 있는 것임은 물론이다.

잃어 버렸습니다.
무얼 어디다 잃었는지 몰라
두손이 주머니를 더듬어
길에 나아갑니다.

돌과 돌과 돌이 끝없이 연달어
길은 돌담을 끼고 갑니다.

담은 쇠문을 굳게 닫어
길우에 긴 그림자를 드리우고

길은 아츰에서 저녁으로
저녁에서 아츰으로 통했습니다.

돌담을 더듬어 눈물 짓다
처다보면 한늘은 부끄럽게 프릅니다.

풀 한포기 없는 이길을 것는것은
담저쪽에 내가 남어 있는 까닭이고,
내가 사는 것은, 다만,
잃은것을 찾는 까닭입니다.

- 「길」

　이 작품에서 시인의 고민은 '길'로 표현되고 있다. 길은 차나 사람이 다니는 물리적 공간을 가리키지만 사람의 진로, 인생의 행로 등 추상적 개념으로 쓰이기도 한다. 이 시에서 길은 수평적인 '길'에 수직의 '담'이 교차하고 있는 구도를 보이고 있다. 그 담은 '돌과 돌과 돌이 끝없이 연달어' 있어 수평과 수직 축이 평행을 이루고 있음을 보여준다. 평행을 이루고 있다는 것은 두 축이 일정한 간격을 유지한 채 끝없이 계속되고 있는 상황이다. 이것은 달리 말하면 길 이 편과 저편의 단절을 의미하는 것이다. 그 단절의 이미지는 작품에서 ‘끝없이’, ‘쇠문을 굳게 닫아’ 등을 통해서 그 의 미의 강도가 상승하고 있음을 알 수 있다. 일정한 거리를 유지한 채 맞닿을 수 없는 소통 불능의 현실은 세계가 자아 에게 가하는 압박의 의미로 읽을 수 있다. 그리고 그것은 쉽게 해결될 것 같지 않은 무거운 상황으로 제시되고 있다.

시인이 제시하는 담의 이쪽은 생활의 세계이다. 그것은 무엇인가를 ‘잃어버린’ 상실의 현실로 나타나고 있다. 그것 은 나아가 ‘무얼 어디다 잃었는지’ 모르는 혼돈의 현실이기 도 하다. 그리고 담의 저쪽은 현실 너머의 세계이다. 화자가 ‘눈물짓는’ 현실을 떠나 도달하고자 하는 곳이다. 이 점에서 그곳은 「또다른 故鄕」에서 ‘아름다운 고향’으로 설정되어 있는 것과 같은 세계라고 할 수 있다. 「별헤는 밤」에서도 고향 풍경을 그리고 있다. 밤하늘 별은 우리에게 고향으로 인도한다. 그곳으로의 여행에서 추억은 늘 우리가 달릴 수 있는 속도보도다 빠르게 내닫기 마련이다. 앞니 빠진 친구 들의 웃음, 달빛 속에서의 속삭임, 그리고 늘 눈물과 함께 다가오는 어머니, 아, 고향의 모습은 늘 그렇게 살아 있다.

하지만, 현실과 이상 세계의 분리는 ‘담’에 의해서 강요 되고 있고, 건너편으로의 통로가 되는 문은 굳게 닫혀 있다. 통로가 폐쇄된 현실은 ‘길우에 드리운 긴 그림자’에서 보듯 암울함의 깊이를 더하고 있다. 이런 현실은 감당하기에 벅찬 무게로 다가오긴 하지만 반전의 길마저 막힌 것은 아니다. 담과 평행을 그리는 길의 직선적 이미지는 ‘저녁에서 아침으로 통하는’ 길에 와서는 소통의 길, 순환의 길이 열리게 된다. 그리고 현실세계에서 자아는 하늘을 통해서 담 저편 소망하는 세계를 비춰볼 수 있다. 이때 하늘은 「자화상」에서 우물이 그러하듯 거울이 된다. 이는 모든 것을 반사하는 유리거울과 달리 속을 다 들여다보게 하는 거울이 되는 것이다.

그래서 ‘풀 한포기 없는’ 현실의 이 길을 걸어 ‘담 저쪽’으로 걸을 수 있게 된다. 여기에 이르러 화자는 삭막한 현실을 몸으로 분명하게 인식하게 된다. 그리고 이에 그치지 않고 현실과 이상의 연결 고리를 찾는다는 점에서 현실의 문제를 치유할 수 있는 가능성을 여는 것이다. 하늘을 통해서 현실 저편의 세계를 비춰 볼 수 있듯이, 여기에 이르면, 우리는 이 시를 통해서 시인의 의식을 비추이 볼 수 있게 되는 것이다. 시인은 현실의 무게에 짓눌리면서도 그것에 좌절하지 않고 현실 너머의 세계로 향하고 있으며, 뿐만 아니라 자신이 가야 할 삶의 길을 뚜렷하게 자각하고 있다. 시인이 자신의 속내를 시라는 거울을 통해서 비추어 보여주고 있는 것이다.

세계는 담으로 막혀 있고, 현실의 이쪽에서 담 너머의

저쪽으로 가는 새로운 길을 시인은 개척하고 있는 것이다.
여기서 우리는 시인이라는 존재의 사명에 대해서 생각해
보게 된다. 일상인으로서의 시인은 보통 사람들처럼 먹고
자고 놀면서 일상적인 행동을 하지만, 시인으로서의 시인은
시를 읽는 눈, 시대의 지성인으로서의 사명, 민중이 나아가
야 할 비전 등을 갖춘 존재라는 사실이 이 시를 통해서도
드러나게 된다. 우리는 이 시를 읽으면서 시인이 제시하고
있는 새로운 길을 함께 그리며, 그것을 갈망하게 된다. 그
길은 쉽지 않은 일이지만 가기를 갈망하는, 가야 할 길임을
우리가 시인과 함께 느낄 수 있기 때문이다.

내를 건너서 숲으로
고개를 넘어서 마을로

어제도 가고 오늘도 갈
나의길 새로운길

문들래가피고 까치가 날고
아가씨가 지나고 바람이 일고

나의길은 언제나 새로운길
오늘도…… 내일도……

내를 건너서 숲으로
고개를 넘어서 마을로

－「새로운길」

앞에서 살폈던 길을 우리는 기억한다. 그것은 어려운 현실에서 현실 저편의 세계를 향한 길이었다. 그것은 쉽게 넘볼 수 없는 단단한 벽으로 우리를 짓누르기 때문에 그것에 난 작은 문의 존재를 기대하면서 담 너머의 세계에 대한 동경을 키우는 에너지가 되기도 한다. 이에 비해서 이 작품에는 경쾌함이 묻어나고 있다. 여기에서 '내를 건너서 숲으로/고개를 넘어서 마을로'라고 노래한 첫 연과 마지막 연에 주목해 볼 수 있다. 숲은 식물이 번창하며 화려하게 개화하는 꽃이 있으며 열매가 있는 곳이다. 그러면서 햇볕을 가리는 잎이 있는 숲은 지상을 상징한다. 그리고 숲은 '어떤 규제나 경작에도 자유로울 수 있는 공간'이기도 하다. 이렇게 보면, 시적 주체가 찾아가는 그 '숲'은 지상의 현실에서 펼쳐지는 풍요와 평안의 세계를 상징한다고 할 수 있다. 그러나 우리는 이 작품에서 시인이 애써 말하고자 하는 것이 숲을 노래하는 것이 아님을 안다. 이런 인식에 이르면 숲은 아름답지만 눈물겨운 현실에 맞닿아 있음을 알 수 있다.

시적 주체가 가는 길은 '어제도 가고 오늘도 갈/나의길'에 이르면, 현실공간에서의 물리적인 길에서 '마음의 길'로 바뀌고 있다. 그것은 '새로운길'이라는 구절에서도 확인할 수 있다. 길이라는 자연 풍경 속의 한 현상을 자신의 정신 역정과 동일체로 만들어 내고 있는 것이다. 이렇게 보면, 앞에서의 '내'와 '고개'도 단순히 자연 풍경으로 머무르지 않는다는 것을 알 수 있다. 그것은 화자가 처한 현실을 대변하고 있는 것이다. 그리고 내를 '건너서', 그리고 고개를 '넘어서' 간다는 것은 현실 삶의 고민과 괴로움을 극복하고 가려는 의식이 표현된 것이다. 여기에서 보면, 경쾌함으로 톡톡 튀는 이 작품에서도 시인은 현실에 대한 인식을 바탕으로 하고 있음을 보여주고 있다.

현실 세계의 고난을 벗어나려는 꿈을 안고 가는 그 '새로운길'은 숲과 마을로 통하는 길이다. 숲으로 가는 길은 '문들래가피고 까치가 날고' 하는 길이다. 꽃이 피는 길이라는 것은 지상에 풍요와 화려함이 가득함을 의미하는 것이고, 새가 나는 것은 천상의 경쾌하고 생동감이 넘치는 길임을 말하고 있다. 여기에서 숲으로 가는 길이 지상과 천상의 영접을 받는 것임을 알 수 있다. 그리고 '아가씨가 지나고 바람이 일고'가 말하고 있는 것은 마을로 가는 길이다. 지상에는 생명력 넘치는 싱그럽고 아름다운 아가씨가, 천상에는 바람이 있다. 바람은 「서시」나 「또다른 고향」에서 보듯이 천상과 지상의 소통을 의미한다. 마을과 숲으로 대변되는 현실과 이상, 지상과 천상이 융화를 보이고 있다.

이렇게 보면, 시적 화자가 가는 새로운 길은 천상과 지상이 조화를 이루는, 희망과 축복의 길이라고 할 수 있다. 이 길을 '오늘도…… 내일도……' 간다는 것은 쉼 없는 실천을 의미하는 것이다. 여기에는 현실에서 경험하는 부조리와 어려움에 굴하지 않고 '주어진' 길을 꾸준히 가리라는 시적 주체의 의지가 담겨 있다. 시인은 새로운 출발을 시도하면서도 그것을 따라오는 고뇌와 난관의 행진을 제대로 인식하고 있다. 그러나 시인의 태도에는 '그럼에도 불구하고'라는 의지가 내포되어 있음을 쉽게 발견할 수 있다. 현실에서 발을 떼어놓지 않은 채 앞을 향해서 새롭게 나아가리라는 것에는 앞날에 대한 낙관적인 비전이 깔려 있음을 말해 주는 것이다.

3.4. '온몸'으로 사는 시인의 길

역사전기적인 관점에서 보면, 시는 시인의 열매이다. 그 나무에 그 열매라는 코드를 통해서 시를 바라보면, 우리는 시를 통해서 시인의 영혼을 들여다볼 수 있게 된다. 이런 점에서 시인의 길을 간다는 것은 자신의 모든 것을 드러내는 길을 간다는 것을 의미한다. 모든 것을 제대로 드러낼 수 있어야 하고, 그가 드러내는 것이 보다 의미 있고 가치를 더하는 것이어야 훌륭한 시인의 길이 됨은 물론이다. 이 관점에서 보면, 시인은 늘 창문의 커튼을 걷어 놓고 사는 사람이고, 시는 시인으로 통하는 커다란 대문이 된다. 아래 시를 통해서 우리는 윤동주라는 시인 속으로의 여행을 즐기는 좋은 통로를 하나 확보하게 된다.

> 죽는 날까지 하늘을 우르러
> 한점 부끄럼이 없기를,
> 잎새에 이는 바람에도
> 나는 괴로워했다.
> 별을 노래하는 마음으로
> 모든 죽어가는것을 사랑해야지
> 그리고 나안테 주어진 길을
> 거러가야겠다.
>
> 오늘밤에도 별이 바람에 스치운다.

— 「서시(序詩)」

알려진 바와 같이 「서시」는 윤동주가 자선 시집 『하늘과 바람과 별과 시』의 서(序)로 쓴 시이다. 그러므로 이 시는 시집에 실린 모든 시들을 포괄하는 의미를 담고 있다고 할 수 있다. 뿐만 아니라 당시 시인의 시 세계를 집약적으로 표현한 작품이기도 하다. 위에 인용된 시가 자선 시집 편찬 의도를 가장 집약적으로 표현하고 있다는 것은 시인의 의식을, 나아가 영혼의 울림을 가장 가까이서 느낄 수 있다는 말이기도 하다. 부끄럼 없는 삶에 대한 갈망과 몸부림, 그 것의 실천에 대한 현재의 다짐, 그리고 주어진 길을 가고자 하는 의지가 표현되어 있다. 여기서 생존을 위한 타협과 굴 욕을 강요하는 현실에 내던져진 상황에서 자신의 길을 곧

게 가고자 하는 시인의 모습을 발견할 수 있다.

앞의 네 행에서 '하늘/천상: 잎새/지상'의 관계가 성립한다. 이때 제시되는 하늘은 空이라기보다는 神의 개념이라고 볼 수 있다. 여기에서 우리는 인간의 한계를 넘어서는 인내와 순결의식을 발견할 수 있다. 지고지순의 이미지는 화자가 지금까지 걸어왔고 현재에도 유효한 삶의 태도를 대변하는 것이라고 할 수 있다. 이런 화자의 태도는 곧 시인의 그것으로 연결된다. 다음의 두 행에서 보면, 별을 노래하는 마음은 곧 희망과 평온을 노래하는 마음으로 그려지고 있다. 그 희망의 기저에는 사랑이 자리하는 것이다. 잎사귀에 이는 바람 앞에서조차 반성과 참회하는 부정의 밤에서 잉태된 것이, 모든 죽어 가는 것을 사랑하는 긍정의 마음으로 태어나는 것이라고 할 수 있다.

다음 행의 '그리고 나안테 주어진 길을/거러가야겠다'에서는 미래까지 지속하리라는 의지가 나타난다. 앞의 행에서 보듯 그 길은 사랑을 바탕으로 하고 희망을 안고 가는 길이기도 하다. 그리고 잘 알려저 있는, '오늘밤에도 별이 바람에 스치운다.'는 마지막 연에서는 별과 바람의 대립이 그려진다. '별: 바람'의 관계는 '천상/빛: 지상/어둠'의 관계로 대응될 수 있고, 이 관계는 곧 '별/이상향: 바람/시련'으로 이어질 수 있다. 여기서도 우리는 결연한 의지로 내딛는 길에도 역시 시련이 함께한다는 현실의식을 놓치지 않는다. 이런 점으로 미루어 인용된 위 시에는 현실에 대한 냉철한 인식을 바탕으로 운명 개척과 자기 극복의 의지가 표현되어 있다.

이 작품의 시적 주체는 현실의 어둠을 인식하면서도 그것에 머물지 않고 자신이 가야 할 길을 자각하고 있다. 그런 점에서 「서시」에서 발견할 수 있는 것은 과거로부터 현실 세계로까지 화자의 괴로움은 지속되지만, 시적 주체는 '주어진 길'을 걸어갈 것을 마다하지 않는다는 점이다. 의식 속에 드러난 본질을 인식하는 것을 통하여 '선험적 자아'에 도달할 수 있다고 보면, 이런 의식은 시적 주체의 실체에 근접하고 있다고 할 수 있다. 쉽게 다가오지 않는 곳으로 향하는, 새롭게 내딛는 그 길은 괴로움을 떨치고 사랑이 함께하는 길이다. 현실의 어둠을 넘어 희망과 평온의 세계를 향한 시적 자아의 개척의지와 지향 의식이 표현되어 있는 것이다.

현실 세계 너머의 세계, 곧 현실의 괴로움이 해결되는 세계로의 지향 의식은 작가 의식의 특징으로 추출될 수 있는 것이다. 여기에 이르러서 보면, 식민지시대 질곡의 현실에서도 그것의 위세에 눌려 주저앉지 않고 새로운 세계를 향한 꿈을 키우며 그 길을 지키려 했던 시인의 의지를 읽을 수 있다. 달리 말하면 시인이 줄곧 견지해 온 삶의 태도를 발견할 수 있는 것이다. 여기서 우리는 천형처럼 주어진 길을 마다하지 않는 시인의 실천의지를 높이 살 수 있다. 우리는 마치 시인이 「참회록」에서 말하였던 것을 듣는 듯하다. 시인은 오늘까지도 살아 우리들 곁에 있는 듯이 속삭인다. 그날의 선택은 우리를 지키기 위한 몸부림의 다른 표현이었고, 강요된 길 앞에서 쓴 혈서였다고 말한다.

시인이 「쉽게 씌어진 시」에서 육첩방을 두고 그것은 '남의 나라'라고 외쳤던 것은 어둠 속에 싸인 현실에서 피어난 살아 있는 지성이 행동하는 정신 바로 그것이다. 시인이 순결하고 곧은 영혼을 지키고 있는 것에서 나아가 몸으로 실천하는 모습 그것이 시인의 이름을 더 크고 높게 만들어주고 있는 것이다. 시는 시인을 비추고 있지만, 윤동주 시인의 행동은 당대의 구성원의 염원을 실천한 흔하지 않은 예였다는 점에서, 지식인은 물론 시공을 넘어서 인류의 모범으로서의 자리를 차지할 수 있는 것이다. 그리고 "윤동주가 부끄럽지 않고 슬프고 아름답기 한이 없는 시를 남기지 않았나? 시와 시인은 이런 것이다."라는 정지용의 지적이 타당한 이유도 바로 여기에 있는 것이다.

정지용의 이런 지적은 윤동주 시인에게 있어 시적 화자와 시인이 겹쳐지는 것을 의미한다. 더 나아가면 시인이 시에서 그리는 세계와 자신의 삶이 다르지 않는 것이다. 선비들이 중시했던 언행의 합일이 이를 두고 하는 것일 수 있다. 시의 세계와 삶의 족적이 겹쳐지는 것은 노래하는 것과 행하는 것의 거리를 없애는 것이 된다. 문학 연구에서 이런 태도는 소위 말해지는 표현론적 오류의 가능성으로부터 자유로울 수 없지만, 윤동주 시인의 경우에는 이런 우려를 불식시킬 수 있을 것으로 보인다. 그의 삶이 시인이 노래하는 세계로부터 벗어나 있지 않기 때문이다. 이는 김수영 식으로 말하자면 '온몸으로 시를 쓰고 온몸으로 삶을 산 것'이 된다.

3.5. 여정의 끝 – 영혼의 쉼터

우리는 윤동주 시인과 함께하는 여정을 통해서 시인이 가고자 하는 곳을 알게 되었다. 그것은 궁극적으로 '고향행'이라고 할 수 있다. 여기서 고향은 「또다른 고향」이나 「별헤는 밤」에 나타난 고향의 풍경이 될 수 있다. 어린 시절 추억이 실린 고향은 조화와 평온의 세계이다. 자기 삶의 토대에 대한 부정과 괴리가 강요되는 상황으로부터 벗어나 있다. '지금, 여기'의 상황으로부터의 탈출 욕구의 표현인 것이다. 현재의 생활공간은 '어린 시절 고향 풍경'의 시간과 공간으로부터 떠나온 상황이다. 그러나 그것은 현실 삶에서 늘 다시 돌아가기를 희망하는 것이고 한편으로는 현실의 무게를 덜 수 있는 위안이 되기도 한다. 과거의 그것은 현재에는 상실한 것이지만 미래의 희망으로 다시 피어나는 것이다.

그리고 우리는 시인이 '도착할 어디'를 늘 찾고 있음을 발견하였다. 그것은 곧 정거장이다. 정거장은 '도착'하여야 할 곳이므로 종착역이다. 종착역은 반복되는 고난의 순환 고리를 끊고 정박하는 항구가 된다. 종착역에 대한 갈망은 작품에서 '현실 저편', '희망의 세계'를 지향하고, 그것을 염원하는 것과 다르지 않다. 먼 길을 걸어온 시인의 꿈은 여기에 닿아 있는 것이다. 이곳은 우리의 지친 영혼이 쉴 수 있는 공간이다. 현실 세계에 드리워졌던 검은 구름도, 쉼 없이 맡아야 하는 땀내와 곁에서 들려오는 거친 숨소리도, 앞에 가로놓여 있는 높은 벽도 존재하지 않는, 괄호 속에 들어 있는 상태가 바로 그곳이다. 시인이 그리는 여정의 끝은 이런 곳이다.

윤동주 시인이 시를 통해서 보여주는 것은 세계의 실상을 몸으로 겪음으로써 삶의 현실에 대한 튼튼한 토대를 구축하는 과정이었다. 그리고 현실의 고뇌를 넘어서 희망의 길을 모색하는 지향의식은 어둠 속에서도 빛을 잃지 않는 시인의 특성을 드러낸 것이라고 할 수 있다. 이런 윤동주의 시의 특징은 현실 인식의 깊이를 더하는 당대 현실의식이 체화된 것과 다르지 않다. 막막하고 불안한 현실에서 맞는 좌절 경험과 극한 상황 속에서도 희망의 빛을 잃지 않고 새로운 길을 모색하는 그런 삶의 체험이 시인으로 하여금 시를 낳게 하였고, 시는 시인의 옷이 될 수 있었던 것이다. 시작 과정에서 도달하고 싶었던 윤동주 시인의 꿈은 영혼의 쉼터에서 새로운 향기로 피어나고 있다.

4. 윤동주 독법 2: 외로운 영혼, 따뜻한 사랑

4.1. 정호승의 윤동주 읽기

이 글은 윤동주 시인의 독자로서의 시인이 윤동주의 시 정신과 어떤 '관계'를 가지는가를 살펴볼 수 있는 논의이다. 윤동주 시인의 독서 이력과 시 작품 간의 '관계'를 밝히는 작업이 시인의 정신세계를 탐구하는 중요한 작업이 될 수 있다. 다른 한편으로는 윤동주 시인의 독자들에게 윤동주 시인이 시가 어떤 영향을 주는지를 밝히는 작업이 유효한 의미를 가진다. 이 글은 후자의 입장에서 출발하고 있다. 대구·경북 지역에서 활동하는 정호승 시인은 30여 년 시를 지어 온 한국의 중견 시인이다.

윤동주 시인과의 관계를 살피기 위해서 세 묶음으로 나누어 보고자 한다. 첫째는 '시편' 전체의 차용과 변용에 관한 것이다. 윤동주 시인의 시가 정호승 시인의 시에서 어떻게 차용되고 있는지를 살피는 작업이 이 과정이다. 두 번째 묶음은 '문단' 단위의 고찰이다. 이것은 정호승 시인이 보이는 문단의 산문성의 특징이 윤동주 시인의 시에서 발견되는 특징이라는 점이 작용했다. 세 번째 묶음은 '단어' 차원의 파격에 관한 것이다. 정호승 시인의 이런 점은 시인의 개성이 강하게 드러나는 특징이라고 하겠다. 정호승 시인의 작품을 통해서 윤동주 시인과의 '관계' 밝히기를 시도하는 이런 논의가 정호승 시인이 윤동주 시인의 영향하에 있는가 혹은 정 시인이 윤동주 시인의 영향을 받은 대표적인 시인인가 하는 문제와는 무관한 것임을 밝힌다.

정호승이 우리 시단에 뚜렷한 획으로 다가온 것은 첫 시집 『슬픔이 기쁨에게』(1979)를 통해서였다. 이 시집은 70년대라는 시대적 상황을 서정의 뿌리에 기대어 노래함으로써 현실문제에 대한 고민의 근간을 보여주었다. 그 이후 『서울의 예수』(1982), 『새벽편지』(1987)에 이르면서 초기에 보여주었던 사회적 약자와 현실에 대한 관심은 여전히 이어졌다. 『별들은 따뜻하다』(1990) 이후 7년 정도의 틈을 두고 90년대 후반에 『사랑하다가 죽어버려라』(1997), 『외로우니까 사람이다』(1998), 『눈물이 나면 기차를 타라』(1999) 등을 잇달아 펴냈다.

동화와 소설, 그리고, 최근의 동시집 등을 제외하고 일곱 권의 시집을 낸 그는 나름의 독자적인 시적 메시지를 가진 시인으로서 대중적 명망을 획득하고 있다. 이런 점에서 정호승 시인은 70, 80년대와 90년대 시단을 관통하는 독자적인 색깔을 지닌 시인이며, 현재에도 여전히 유효한 메시지를 던지고 있는 시인이기도 하다. 특별하지 않은 소재, 어쩌면 식상하기까지 한 소재를 통해서 지속적으로 새로운 메시지를 창조해 낸다는 점에서 정호승은 이 시대에 주목할 만한 시인이다.

이런 점은 "나는 여전히 인간이 이루는 삶의 비극성을 시에서 찾고 얻는다. 70년대와 80년대를 거쳐 오면서 시대의 고통과 눈물에 보다 더 많은 관심을 지녔으나 지금은 한 인간의 고통과 눈물에 더 많은 관심을 갖는다. 시는 인간을 이해하고 인간의 삶을 이해하게 한다. 시는 인간을 아름답게 하고 인간을 위안해 준다. 우리가 시를 이해한다는 것은 인간을 이해한다는 것이며, 인간이 이루는 삶을 이해하는 것이다. 내가 시를 쓴다는 것은 결국 인간과 인간의 삶을 이해하고자 노력하는 한 행위에 불과하다."[25]는 시인의 말을 통해서도 확인할 수 있다.

---

25) 정호승, 「시에 대한 몇 가지 생각」, 『우리시대의 시인』, 시와반시사, 2002, 293쪽.

이 글에서는 시인의 90년대 후기 시편들을 중심으로 살피고자 한다.[26] 이 시기의 작품들은 시인이 밝혔듯이, 초기에 보여주었던 시대의 고통과 눈물보다는 '한 인간의 고통과 눈물에 더 많은 관심을 갖는' 작품군에 해당한다. 이는 또한 시인의 말대로 '인간과 인간의 삶을 이해하고자 노력하는 한 행위'의 소산이라고 하겠다. 정호승에게 있어서 시 쓰기는 곧 인간 이해의 길이므로, 우리는 시인의 시를 통해서 시인이 인간에 대해 내린 해석에 접근하는 길을 찾고자 한다.

4.2. '시편'의 변용과 새로운 해석

유성호는 정호승의 시 세계를 '슬픔'과 '사랑'으로 정리한 바 있다.[27] 그의 '슬픔'은 격정적인 비장함이나 감정 과잉의 감상주의를 동반하지 않고 한결같이 차분하고 관조적인 성찰적 성격을 띠고 있어서, 우리는 그것을 당대적 발언으로보다는 오히려 인간 존재의 보편적 정서에 대한 표현으로 기억하고 있다. 따라서 그 '슬픔'은 극복해야 할 어떤 결핍의 상태가 아니라 인간의 보편적인 존재 조건 혹은 존재 원리로 우리를 감싸 안았다. '사랑' 역시 인간과 인간

---

26) 『사랑하다가 죽어버려라』(1997), 『외로우니까 사람이다』(1998), 『눈물이 나면 기차를 타라』(1999)가 이에 해당된다.

27) 유성호, 「'슬픔'의 힘 속에서 생성되는 '사랑'의 노래」, http://www.poetry21.co.kr/

사이 혹은 주체와 대상 사이에 개재하는 모든 친화적 정서
나 행위의 총체적 표상으로 다가온다. 그래서 그것은 '증
오'의 반대편에 서는 어떤 것이 아니라 인간 존재를 규율
하는 가장 근원적인 에너지이자 존재 원리로 작용한다.

> 길을 가다가 우물을 들여다보았다
> 누가 낮달을 초승달로 던져놓았다
> 길을 가다가 다시 우물을 들여다보았다
> 쑥떡이 든 보따리를 머리에 이고
> 홀로 기차를 타시는 어머니가 보였다
> 다시 길을 떠났다가 돌아와 우물을 들여다보았다
> 평화시장의 흐린 형광등 불빛 아래
> 미싱을 돌리다 말고
> 물끄러미 네가 나를 쳐다보고 있었다
> 나는 너를 만나러 우물에 뛰어들었다
> 어머니가 보따리를 풀어
> 쑥떡 몇 개를 건네주셨다
> 너는 보이지 않고 어디선가
> 미싱 돌아가는 소리만 들렸다

- 「우물」 전문

위의 작품에서 우리는 윤동주의 「自畵像」[28]을 자연스럽게
떠올린다.

> 산모퉁이를 돌아 논가 외딴우물을 홀로

---

28) 윤인석 외, 『사진판 윤동주 자필 시고전집』, 민음사, 1999.

찾어가선 가만히 드려다 봅니다.
우물속에는 달이 밝고 구름이 흐르고
하늘이 펼치고 파아란 바람이 불고 가
을이 있습니다.

그리고 한 사나이가 있습니다.
어쩐지 그 사나이가 미워져 돌아갑니다.

돌아가다 생각하니 그사나이가 가엽서집
니다. 도라가 드려다 보니 사나이는 그
대로 있습니다.

다시 그사나이가 미워저 돌아갑니다.
돌아가다 생각하니 그사나이가 그리워집니다.
우물속에는 달이 발고 구름이 흐르고 하늘이 펼치고 파
아란 바람이 불고 가을이 있고 追憶처
럼 사나이가 있습니다.

－「自畵像」 전문

　독자들이 쉽게 눈치 챌 수 있듯이 정호승 시인의 「우물」
은 윤동주 시 「자화상」의 골격을 그대로 가져와서 그 틀을
유지하면서 내용만 바꾸어 넣는 기법을 사용하고 있다. 이
는 시의 형식을 차용하는 경우라고 하겠다. '낮달 - 어머니
- 너: 쑥떡 - 미싱 돌아가는 소리'는 윤동주 시에서 보여주
는 '우물속 달 - 사나이: 추억'의 구조를 그대로 닮아 있다.
아래의 경우를 다시 살펴볼 수 있다.

너의 어깨에 기대고 싶을 때
너의 어깨에 기대어 마음놓고 울어보고 싶을 때
너와 약속한 장소에 내가 먼저 도착해 창가에 앉았을 때
그 창가에 문득 햇살이 눈부실 때

윤동주의 서시를 읽는다
뒤늦게 너의 편지에 번져 있는 눈물을 보았을 때
눈물의 죽음을 이해하지 못하고 기어이 서울을 떠났을 때
새들이 톡톡 안개를 걷어내고 바다를 보여줄 때
장항에서 기차를 타고

가난한 윤동주의 서시를 읽는다
갈참나무 한 그루가 기차처럼 흔들린다
산다는 것은 사랑한다는 것인가
사랑한다는 것은 산다는 것인가

－「윤동주의 서시」 전문

이 시에서 우리는 「윤동주의 서시」가 '외로운 영혼, 아픈 사랑의 추억, 가난한 삶의 위로'로 다가옴을 느낀다. 여기서 말하는 윤동주의 서시는 '죽는 날까지 하늘을 우러러'로 시작되는 「서시」에 국한되지 않음을 쉽게 간파할 수 있다. 그것은 윤동주의 시이고, 윤동주의 삶이고, 나아가 윤동주와 윤동주의 시와 윤동주의 시를 읽는 사람들과 윤동주의 시가 불러일으키는 추억과 윤동주가 시를 쓰면서 떠올렸던 모든 것과 윤동주의 이름을 기억하는 세상의 모든 사람들이 만들어 내는 다층의 '네트워크' 그 자체라고 할 수 있다.

　윤동주 시에 대한 정호승 시인의 이러한 독법은 다시 정
호승 시인 독자의 독법에 이르면 아래와 같은 시를 생성하
게 된다. 이는 독법의 복제라고 할 수 있는데, 윤동주 시인
과 정호승 시인의 커뮤니케이션의 경로, 시인과 독자와의
의사소통의 양상을 보여주는 것이면서 다시 정호승 시인과
정호승 시인의 독자 사이에 형성되는 새로운 커뮤니케이션
의 고리를 나타내는 것이기도 하다.

　　그의 시에는 언제나 별 냄새가 난다

　　무덤 속에서도 윤동주를 만나고 싶다는 사람.
　　언제나 마음 속의 어머니를 부르며 우는 여린 시인.

　　그의 시에서 냄새를 맡는다.
　　눈물 고인 그의 눈이 나의 별을 가린다.

　　시를 쓴다는 것이 시인의 부끄러움이라면
　　산다는 것이 나의 부끄러움이다.
　　별 냄새가 난다.
　　시인의 부끄러움에서 가려진 별 냄새가 난다.

　　　　　　－「정호승 시인의 시를 읽으며」, 고은숙(안동대 98)[29]

　이 시에는 정호승 시인의 시를 읽으면서 거기에서 발견
한 정서가 노래되고 있다. 우리는 이 시를 읽으면서, 윤동

---

29) 이 시는 안동대 국어국문학과 소모임연합회가 주최한 '제6회 국어국문학과 학술
　　제'의 '시화전'(1998)에 전시되었던 작품이다.

주 시인이 정호승 시인에게 미친 영향에 대해서 생각하게 된다. 그리고 우리가 놓칠 수 없는 것은 이 시의 화자(혹은 작자)는 정호승 시인의 시뿐만 아니라 윤동주 시의 독자였음을 눈치 채게 된다는 점이다. 고은숙이라는 예비 시인은 윤동주의 시 세계와 정호승의 시 세계를 함께 경험하였고, 이 시에는 그 두 경험이 뒤섞여서 나타나고 있다. 인용한 시는 시 읽기에 있어서 멀티 네트워크, 다층의 독법이 이루어지고 있음을 보여주는 예이면서 동시에 창작에서도 멀티 네트워크가 이루어지고 있음을 보여주는 예라고 할 수 있다.

4.3. '문단'의 산문성과 서정의 울림

정호승 시인이 90년대 후반 시편에서 보여주고 있는 특징의 하나는 형식의 간결성으로, 이는 작품의 단형화라고도 표현할 수 있다. 「나그네」, 「마라도」, 「사랑」(이상 『눈물이 나면 기차를 타라』 수록), 「국밥」, 「당신에게」, 「못」(이상, 『사랑하다가 죽어버려다』 수록), 「오동도」, 「질투」, 「봄비」(이상 『외로우니까 사람이다』 수록) 등이 대표적인 작품인데, 짧고 간결한 형식으로 서정시의 표본적 형태를 드러내고 있다고 할 수 있다.

하늘의 그물은 성글지만
아무도 빠져나가지 못합니다
다만 가을밤에 보름달 뜨면
어린 새끼들을 데리고 기러기들만
하나 둘 떼지어 빠져나갑니다

-「하늘의 그물」 전문

‘아무도 빠져나가지 못하는’ 하늘 그물을 ‘기러기 떼’만 빠져나간다는 설정을 통해서 기러기의 자유로운 비상을 노래하고 있다. 하늘에서 누리는 ‘자유’라는 이미지는 ‘빠져나감’이 주는 이미지를 통해서 더욱 상승효과를 얻고 있다. ‘그물’이 주는 ‘구속’과 ‘빠져나감’이 주는 ‘자유’라는 상반된 설정을 통해서 구속과 자유, 절망과 희망, 슬픔과 기쁨, 죽음과 삶이 각각 대립쌍을 이루고 있다. 이들은 ‘보름달’이라는 메신저를 통해서 기러기들이 그물을 통과할 때, 각각 자유, 희망, 기쁨, 삶 등으로 무게 중심을 옮아가는 것이다. 이 작품은 형식이 단형화되고 있음을 보여주고 있다. 이 작품도 연을 이으면 자연스런 산문이 되는, 산문성을 함께 보여주고 있다.

정호승의 90년대 후기 시편에서 빠뜨릴 수 없는 특징이 ‘산문성의 두드러짐’이다. ‘산문성’이라는 점에서 볼 때 시 자체가 산문시의 형식을 띠고 있다는 의미는 아니다. 위에 인용한 작품에서 보듯 시의 형식은 깔끔한 자유시를 유지하고 있지만, 하나의 연을 구성하는 행을 이어서 쓰게 되면, 깔끔한 하나의 문단으로 재구성된다. 이런 특징은 초기 시에서도 나타나지만, 특히 『외로우니까 사람이다』, 『사랑하다가 죽어버려라』 등에서 공통적으로 발견할 수 있는 두드러진 특징이라고 할 수 있다. 두 시집에 수록된 작품들을 네 주제로 나누어서 재구성해 보면 다음과 같다.30)

* '사랑'에 관한 시편들: 사랑하다가 죽어버릴까

젊은 송장 하나가 떠내려오다가, 사랑한다. 내 글씨에 걸려 떠내려가지 못한다(「사랑한다」). 기쁨도 눈물이 없으면 기쁨이 아니다. 사랑도 눈물 없는 사랑이 어디 있는가? 나무 그늘에 앉아, 다른 사람의 눈물을 닦아주는 사람의 모습은, 얼마나 고요한 아름다움인가(「내가 사랑하는 사람」).

: <u>가끔씩 우리는 뜨거운 사랑을 기다린다. 초승달처럼 혹은 흰 살을 드러낸 파도처럼</u>.31)

강가에 초승달 뜬다. 연어떼 돌아오는 소리가 들린다. 나그네 한 사람이 술에 취해, 강가에 엎드려 있다. 연어 한 마리가 나그네의 가슴에, 뜨겁게 산란을 하고, 고요히 숨을 거둔다(「사랑」). 내가 난생 처음으로 바라 본 바다였다. 희디흰 목덜미를 드러내고 끊임없이 달려오던 삼각파도였다. 보지 않으려다 보지 않으려다 기어이 보고 만 수평선이었다. 파도를 차고 오르는 갈매기떼들을 보며, 나도 모르게 수평선 너머로 넘어지던 순간의 순간이었다. 수평선으로 난 오솔길, 여기저기 무더기로 피어난 해당화, 그 붉은 꽃잎들의 눈물이었다(「첫키

---

30) 아래에 산문으로 제시되는 인용글은 필자가 「사랑의 풍경소리」라는 제목으로 『감성지수』(도서출판 감성, 1999년 4월호)에 게재한 것을 일부 수정하여 옮긴 것이다.
31) 밑줄 친 부분은 인용자의 글(아래도 같음).

스에 대하여」).

: <u>사랑은 그렇게 다가오는지, 사랑 앞에는 목숨조차도 무기력할 수
  있는지</u>.

철길에 앉아 그를 사랑한다고 말했다. 철길에 앉아 그와 결혼하고
싶다고 말했다. ……코스모스가 안타까운 얼굴로 나를 쳐다보고 있
었다. 나는 그대로 앉아 있었다. 기차가 눈 안에 들어왔다. 지평선을
뚫고 성난 멧돼지처럼 씩씩거리며, 기차는 곧 나를 덮칠 것 같았다.
나는 일어나지 않았다. 낮달이 놀란 얼굴을 하고, 해바라기가 고개
를 흔들며 빨리 일어나라고 소리치고 있었다. 나는 그대로 앉아 있
었다. 이대로 죽어도 좋다 싶었다(「철길에 앉아」).

: <u>사랑은 이토록 순결한 것인가. 나의 사랑도 그런가. 그것이 사랑
  의 힘이라면</u>.

* '그리움'에 관한 시편들: 별을 그리며

그대와 낙화암에 갔을 때, 왜 그대 손을 잡고 떨어져 백마강이 되지
못했는지. 그대와 만장굴에 갔을 때, 왜 끝 없이 굴 속으로 들어가 서
귀포 앞바다에 닿지 못했는지. 그대와 천마총에 갔을 때, 왜 천마를
타고 가을 하늘 속을 훨훨 날아다니지 못했는지. 그대와 감은사에 갔
을 때 왜 그대 손을 이끌고 감은사 돌탑 속으로 들어가지 못했는지.
그대와 운주사에 갔을 때, 운주사에 결국 노을이 질 때, 왜 나란히 와불
곁에 누워 있지 못했는지. 와불 곁에 별이 되지 못했는지(「후회」).

: <u>시간은 별과 함께 흐르고, 사랑은 별이 되어 떠나고</u>.

길이 끝나는 곳에 산이 있었다. 산이 끝나는 곳에 길이 있었다. 다
시 길이 끝나는 곳에 산이 있었다. 산이 끝나는 곳에 네가 있었다.
무릎과 무릎 사이에 얼굴을 묻고 울고 있었다. 미안하다. 너를 사랑
해서 미안하다(「미안하다」). 오늘도 당신의 밤하늘을 위해, 나의 작
은 등불을 끄겠습니다. 오늘도 당신의 별들을 위해. 나의 작은 촛불
을 끄겠습니다(「당신에게」).

: 나도 당신처럼 살 수 있다면, 나도 당신이 될 수 있다면.
* '외로움'에 관한 시편들: 외로우니까 사람이지

우리가 지금 다정하게 철길 옆 해변가로 팔짱을 끼고 걷는다 해도, 언제까지 함께 팔짱을 끼고 걸을 수 있겠는가. 동해를 향해 서 있는 저 소나무를 보라. ……우리 굳이 하나가 되기 위하여 노력하기보다, 평행을 이루어 우리의 기차를 달리게 해야 한다. 기차를 떠나 보내고 정동진은 늘 혼자 남는다. 우리를 떠나 보내고 정동진은 울지 않는다(「정동진」).

: 사랑은 눈물을 낳지만, 눈물은 사랑이 아니다.

울지 마라. 외로우니까 사람이다. 살아간다는 것은 외로움을 견디는 일이다. ……가끔은 하느님도 외로워서 눈물을 흘리신다. 새들이 나뭇가지에 앉아 있는 것도 외로움 때문이고 네가 물가에 앉아 있는 것도 외로움 때문이다. 산 그림자도 외로워서 하루에 한 번씩 마을로 내려온다. 종소리도 외로워서 울려 퍼진다(「수선화에게」). 밤이 깊으면 가끔은 사랑해서 미안하고 속삭일 줄 아는 사람과 결혼하라. 결혼이 사랑을 필요로 하는 것처럼 사랑도 결혼이 필요하다. 사랑한다는 것은 이해한다는 것이며, 결혼도 때로는 외로운 것이다(「결혼에 대하여」).

: 사랑은 외롭게 우리를 맴돈다. 외로움은 침실에만 찾아오는 것이 아니다. 그것은 사랑과 함께 밀려온다.

* '인정'에 관한 시편: 봄인사

벗이여, 이제 나를 욕하더라도, 올 봄에는, 저 새 같은 놈, 저 나무 같은 놈이라고 욕을 해다오. 봄비가 내리고, 먼 산에 진달래가 만발하면, 벗이여, 이제 나를 욕하더라도, 저 꽃 같은 놈, 저 봄비 같은 놈이라고 욕을 해다오. 나는 때때로 먼저 피어나는, 꽃 같은 놈이 되고 싶다(「벗에게 부탁함」).

: 새놈과 꽃연들과 인사를 나누는 봄이라서 좋다.

위와 같이 재구성된 작품을 통해서 보면, 정호승의 시 내면에는 서사성이라는 골격을 유지하고 있음을 확인할 수 있다. 뒤에 인용하는 시 "바람이 어디로부터 불어와/어디로 불려가는 것일가//바람이 부는데/내 괴로움에는 理由가 없다.//내 괴로움에는 理由가 없을가//단 한女子를 사랑한 일도 없다./時代를 슬퍼한 일도 없다.//바람이 작고 부는데/내 발이 반석우에 섯다.//강물이 작고 흐르는데/내발이 언덕우에 섯다.//"(「바람이불어」 전문)에서 보듯, 윤동주 시에서의 이런 산문 성향은 두드러진 특징이다.

이런 산문성 혹은 서사성은 '문단' 단위의 특징으로 볼 수 있다. 앞 장에서는 한 작품 전체가 갖는 특징에 주목한 것이라면, 산문성의 단위는 문단이라고 하겠다. 서정시가 갖는 이런 산문적 요소에 대해서는 고형진이 고찰한 바 있다.[32] 여기서 고형진이 진단한, "서사적 요소를 시 속에 수용한 것은 시 속에 사회 현실을 적극적으로 반영하려는 시인의 욕구와 밀접한 관련을 맺고 있다.", "시 양식 안에 당대 사회의 핵심적 문제를 밀도 있게 수용하려고 노력한 것이다."는 견해를 수용한다면, 정호승의 90년대 후반 시 역시 여전히 현실 문제에 천착하고 있다고 하겠다.

정호승 시인은 오늘의 삶에서 관심을 기울여야 할 가장

---

32) 고형진, 「서사적 요소의 시적 수용」, 『한국 현대시의 서사지향성 연구』, 시와시학사, 1995, 229 - 253쪽.

중요한 것이 '서정'이라고 말한 바 있다.[33] 여기서 시인은 현대사회에서 인간이 정보에만 매몰되지 않기 위해서는 서정성의 회복이 필요하다고 말한다. 오늘날 십대들이 부르는 노래는 서정이 말살된 산문이라고 시인은 주장한다. 또한 시인은 이런 시대에 시를 통한 서정의 회복을 권고하고 있다. 이런 점에서 본다면, 시인은 현실의 문제를 화두의 중심에 두기 위해서 산문성을 차용하였다고 진단할 수 있다. 또한, 작품이 서정성을 획득하고 서정적 형식을 유지하고 있는 것은 이 시대 가장 중요한 화두가 '서정'이라는 믿음에 기인한 것이라고 해석할 수 있다.

4.4. '단어'의 파격과 낯섦의 획득

정채봉 작가의 말처럼, 정호승 시인의 작품은 추운 길을 걸을 때 문득 불에 구운 돌처럼 따뜻함을 주면서 늘 새벽을 맞는 듯함을 느끼게 한다. 그러나 90년대 후기 작품 중에는 파격적인 단어들을 발견할 수 있다. 때로는 도발적이기까지 한 단어들을 통해서 시인이 노리는 것이 무엇일까. 많은 독자들이 정호승의 시를 아끼는 것은 그의 시가 슬픔을 품고 있지만 그 슬픔에서조차도 '따뜻함'을 느낄 수 있기 때문이다. 그

---

33) 정호승, 「우리는 왜 시를 사랑하는가?」, 동서대학교 중앙도서관 초청강연.

러나 아래와 같은 작품이 환기하는 정서는 색다른 것이다.

사랑하다가 죽어버려라
오죽하면 비로자나불이 손가락에 매달려 앉아 있겠느냐
기다리다가 죽어버려라
오죽하면 아미타불이 모가지를 베어서 베개로 삼겠느냐
새벽이 지나도록
摩旨를 올리는 쇠종 소리는 울리지 않는데
나는 부석사 당간지주 앞에 평생을 앉아
그대에게 밥 한 그릇 올리지 못하고
눈물 속에 절 하나 지었다 부수네
하늘 나는 돌 위에 지었다 부수네

　　　　　　　　　　　－「그리운 부석사」 전문, 밑줄은 인용자.

허허바다에 가면
밀물이 썰물이 되어 버려져 있다
어린 게 한 마리
썩어 문드러진 나를 톡톡 건드리다가
썰물을 끌고 재빨리 모랫구멍 속으로 들어가고
나는 팬티를 벗어 수평선에 걸어놓고
축 늘어진 내 남근을 바라본다
내가 사랑에 실패한 까닭은 무엇인가
어린 게 한 마리
다시 썰물을 끌고 구멍 밖으로나와
내 남근을 톡톡 친다
그래 알았다 어린 참게여
나도 이제 옆으로 기어가마 기어가마

　　　　　　　　　　　－「허허바다」 전문, 밑줄은 인용자.

위에 인용한 두 작품의 밑줄 친 부분을 읽다 보면 섬뜩하다. 정호승 시인의 이미지와 맞지 않다고 할 수도 있다. 비록 단어적 수준의 것이긴 하지만, 이들 작품은 다소 도발적이기도 하다. 시인이 이런 파격을 굳이 도용한 이유는 무엇일까. 이런 시도, 다소 '정호승적'이지 않은 모습은 독자에게 생소함을 제공하고, 그 충격의 높은 강도를 획득하고 있음을 우리는 간파할 수 있다. 그것은 독서 과정에서 독자에게 미치는 영향의 측면에서 볼 때 보다 강한 자극이 됨을 의미하는 것이다. 물론 이것은 정호승 시가 뿌리내리고 있는 단단한 토대의 뒷받침 속에서 가능한 것이다.

눈 내리는 날
경기도 성남시
모란시장 바닥에 쭈그리고 앉아
천원짜리 한 장 내밀고
새점을 치면서
어린 새에게 묻는다
나같은 인간은 <u>맞아 죽어도 싸지만</u>
어떻게 좀 안되겠냐고
묻는다
새장에 갇힌
어린 새에게

─「새점을 치며」 전문, 밑줄은 인용자.

다소 낯선 표현이 동원되고 있지만, 위와 같은 작품이

환기시키는 시적 힘은 김승희 시인이 평한 '맑음의 참혹성'과 같은 것이라고 할 수 있다. 이는 표면에 드러난 도발적 단어의 뒤에 여전히 '정호승적인 무엇'이 있음을 의미하는 것이기도 하다. 초기 시집을 내던 고통뿐이던 시절, 그때의 참담함을 가만가만 위무해 주는 노래였던 그의 시, 그의 시를 읽을 때는 마음을 열고 젖어들어야 한다는 지적은 그의 시가 아름답고 따뜻한 것이었음을 증언하는 것이라고 하겠다.

나는 이제 너에게도 슬픔을 주겠다.
사랑보다 소중한 슬픔을 주겠다.
겨울밤 거리에서 귤 몇 개 놓고
살아온 추위와 떨고 있는 할머니에게
귤값을 깎으면서 기뻐하던 너를 위하여
나는 슬픔의 평등한 얼굴을 보여 주겠다.
내가 어둠 속에서 너를 부를 때
단 한 번도 평등하게 웃어 주질 않은
가마니에 덮인 동사자가 다시 얼어죽을 때
가마니 한 장조차 덮어 주지 않은
무관심한 너의 사랑을 위해
흘릴 줄 모르는 너의 눈물을 위해
나는 이제 너에게도 기다림을 주겠다.

—「슬픔이 기쁨에게」 부분

위의 시는 정호승 시의 원형이라고 할 수 있다. 시인은 이 시를 통해서 세상의 슬픈 반쪽과 기쁜 반쪽에 대해서 그 슬픔을 나누어 가져야 한다고 말한다. 슬픔에 주목하지 않는 사람들이 무관심에게 '평등하게' 슬픔을 나누어주겠다고 한다. 여기서 우리는 기쁨에 대한 시인의 감정이 적대적이지 않음을 발견할 수 있다. 둘 사이에 용서와 화해의 아름다움을 노래하는 것, 이것이 정호승 시의 모습이다. 이는 시에 대한 시인의 생각을 밝히는 아래와 같은 말에서도 확인할 수 있다.

"인간의 눈으로만 사물을 바라보지 말라는 것입니다. 우리 마음속에 있는 시를 어떻게 하면 잘 끄집어 낼 수 있을까요. 어떻게 하면 보다 자극을 주어서 끄집어 낼 수 있을까요. 그 가장 좋은 방법은 눈이 아닌 인간의 마음으로 사물을 바라보는 것입니다.", "건물을 뒤덮고 있는 담쟁이와 같은 것이 시입니다. 여름날에 쏟아지는 소나기가 바로 시입니다. 만일 바다가 보이는 곳에 창이 하나도 없는 곳에 있으면서, 바닷가에 있는 건 무의미합니다. 우리가 바닷가에 있을 때, 바다를 바라볼 수 있게 해주는 창과 같은 역할을 하는 것이 바로 시입니다. 여러분 모두 마음의 눈으로 사물을 보십시오. 자신의 마음에 들어와 있는 사물이 말을 하게 할 때 시심은 무르익을 것입니다. 그리고 시의 꽃은 활짝 피어날 것입니다."[34]

시를 쓰는 것은 곧 작은 창을 내는 것과 같은 일이다. 영혼을 적시는 이 작업에서 시인은 '낯섦'이 환기하는 새로

---

[34] 정호승, 앞의 글, 밑줄은 인용자.

운 자극을 기대하고 있는지 모른다. 단어적 수준에서의 이러한 특징은, 앞에서 산문성을 드러내는 문단이 보여주었던 서정의 울림, 그리고 새로운 해석을 요구하던 시편 전체의 변용 등과 맞물려 있음을 알 수 있다. 이런 요소들은 정호승 시의 근간을 유지하면서 새로운 변화를 시도한 것이며, 우리는 시인의 작품을 읽어 나가면서 이러한 시도가 성공을 거두고 있다는 사실을 어느 순간 느낄 수 있다.

4.5. 마무리 – 아름다움과 따뜻함

앞의 논의 결과, 정호승 시인의 90년대 후기 시편들 중에는 전체 시편의 변용을 통한 새로운 해석을 시도한 작품이 있었다. 이는 윤동주 시인과의 관계를 중심으로 살폈는데, 기존 작품의 틀을 이용하면서 그것을 새롭게 변용하여 새로운 메시지를 제기하고 있음을 발견하였다. 그리고 문단 단위의 산문성에 대한 탐구를 통하여 그것이 서정적 울림과 조화를 이루고 있음을 발견하였다. 또한 파격적인 단어를 동원한 작품들이 환기하는 낯섦이 주제의 형상화와 독자에 대한 신선한 자극에 기여하고 있음을 밝혔다.

그리고 시인이 추구하고 밝혀내는 인간에 대한 해석은 아름다움과 따뜻함으로 정리될 수 있다. 이는 초기작인 「

슬픔이 기쁨에게」에서부터 줄곧 견지되어 온 것이라고 하겠다. 즉 이것은 형식이나 소재적 측면에서의 변용을 거치면서도 90년대 후기에 쓰인 작품에까지 맥을 이어온 정호승 시 세계의 기반이라고 할 수 있다. 늘 반대되는 것과 대립쌍을 이루지만, 그것은 시인의 손을 거치면서 '아름다움'과 '따뜻함'으로 모습을 드러내게 된다.

정호승 시인이 늘 관심을 놓지 않고 있는 것이 인생에 대한, 인간에 대한 애정이다. 그래서 험한 현실, 고통 속의 민중, 시대의 아픔 이런 것을 바라보는 시인의 시선은 늘 사랑과 관심으로 충만해 있는 것이다. 반면 이런 시를 써내는 시인의 손, 이런 사물을 바라보는 시인의 눈, 이들을 느끼는 시인의 가슴은 늘 외로운 영혼의 그늘 아래 있는 것이다. 존재의 아픔, '외로운 영혼, 따뜻한 사랑', 이것은 정호승 시인의 특징이면서 동시에 윤동주 시인을 나타내기에 가장 적당한 하나의 표현이 되는 것이다.

제2부
윤동주 시의 코드

5. 순결함: 시의 고향, 초기시 풍광

5.1. 초기시 창작의 산실

용정이 속한 간도는 김약연 선생이 세운 '명동학교'와 리상설 선생의 '서전서숙' 등을 통한 근대 교육의 보급과 기독교의 영향, 그리고 강한 민족주의 등으로 인해 일제강점기 역사에서는 빼놓을 수 없는 곳이다. '룡정은 중국조선족들의 문화의 발상지이며 항일투쟁의 책원지로서 조선민족 력사의 축도로 자랑이 큰 고장이며 유서깊은 고장'35)이라는 말에서도 이를 확인할 수 있다. 윤동주는 간도의 풍토에 음양으로 영향을 받으면서 자랐고, 초기의 시들은 이곳을

---

35) 전광하 편저, 『세월 속의 용정』, 연변인민출판사, 2000, 1쪽.

토양으로 해서 쓰였다.

최초의 시는 18세 되던 1934년 12월에 쓴 「초한대」이다.
이후 숭실중학을 다니던 시기의 평양 체험이 있었고, 정지
용과 백석 시집을 접하게 된다. 연희전문학교에 입학하기
전인 1937년까지 동시를 포함하여 총 75편의 시를 창작하
였다. 이들은 '나의 습작기의 시 아닌 시'와 '창'에 수록되
어 있다. 동시는 별도로 살피기로 하고, 이 장에서는 윤동
주 시인의 초기 작품의 특징을 살피고, 그를 통해 시인 의
식의 실체에 접근하고자 한다.

5.2. 개인의 감정 토로와 고백

5.2.1. 그리움·연정

그리움은 인간의 원초적인 것으로 인간 개체의 내면 의
식을 가장 절실하면서도 솔직하게 드러내는 감정이다. 인간
은 누구나 거쳐 온 것에 대한 향수를 가지기 마련이므로,
상실한 것에 대해 그리움을 갖는 것은 인간의 보편적인 감
정이다. 윤동주의 아래 작품을 보자

헌집신짝 끟을고
나여긔 웨왓노

두만강을 건너서
쓸쓸한 이땅에
×
남쪽하늘 저밑엔
따뜻한 내고향
내어머니 게신곧
그리운 고향집.

– 「고향집 – 만주에서불은」[36]

이 작품의 화자는 어떤 이유에서인지 고향을 떠나와서 어머니 계신 고향을 그리고 있다. '헌집신짝'을 끌고 왔다는 것은 현재나 과거의 생활이 궁핍하다는 의미도 될 것이고, 아니면 멀리 떠나왔다는 의미도 될 것이다. '두만강을 건너서' 왔다는 것은 그곳이 국경이므로 국경을 넘어왔다는 의미가 될 텐데, 단순히 멀리 왔다는 것 이상의 큰 의미로 확대할 필요는 없다. 혼자 떠나왔으니 지금 이 땅에서의 생활이 '쓸쓸'하다. 그래서 더욱 따뜻한 고향이 생각나고, 더구나 그곳은 어머니가 계신 곳이니 더더욱 그리워질 수밖에 없다.

동물들도 어미를 떠나온 새끼들은 어미를 그리며 우는데, 사람이 그보다 덜할 수는 없을 것이다. 어머니로 대표되는 고향에 대한 애절한 심정으로 작품을 썼으리라는 상상을

---

36) 이 작품은 시인 본인이 작성한 목차에는 '동요'로 되어 있고 전집에는 '동시'로 분류되어 있지만, 시인의 다른 동시들과 비교해 볼 때 일반 시로 넣는 것이 설득력이 있다고 판단되어 초기시 쪽에서 다룬다.

할 수도 있고, 행·연도 잘 정돈되어 시상 흐름이 무난하다. 그러나 고향집을 그리워하고 있다는 의미를 넘어서는 것으로는 해석이 가능하지 않다. 작품의 함축성이나 모호성을 기대할 수는 없는 작품이다.

— 「暝想」

이 작품은 '연정'을 노래하고 있다. 초가집일 법한 오막살이의 처마와 '가즐가즐한' 머리카락을 연결한 것은 참신해 보인다. 휘파람에 콧마루가 '간질킨다'는 표현은 의미가 다소 모호하다. 가지런한 머리카락이 콧마루를 간지른다는 의미로도 이해할 수 있고, 오막살이에 누워 있는데 휘파람이 콧마루를 스치고 지나는 것을 표현한 것으로도 읽을 수 있다. '들窓같은 눈'이 가볍게 닫혀 있는 것은 쉽게 그릴 수 있다. '골골히 스며드오'라는 부분은 해가 지면 어둠이 산골짜기마다 어느새 스며들어 골짜기마다 어둠이 가득해 버리듯이 그리움도 그와 같다는 의미도 되겠고, 그리는 마음이 속으로 사무쳐 온다는 의미도 되겠다.

앞의 작품이 '그리움'이라는 말에서 그러했듯이 이 작품에도 '서분한'이라든가 '戀情' 등의 단어가 밖으로 드러나고 있어 그 맛이 떨어지긴 하지만, 앞의 것에 비해 해석의 폭은 넓힐 수 있는 작품이다. 시가 개인의 감정을 표현하기에 가장 적당한 장르임에는 틀림없지만, 그것이 자신은 숨은 채 여러 가지 심부름꾼을 통해 제시하지 않고 그대로 자신이 드러나 버리면 맛이 떨어질 수밖에 없다. 이런 한계를 두 작품은 뛰어넘지 못하고 있다.

5.2.2. 외로움·슬픔

향수나 그리움의 감정이 개인의 것이듯이 외로움과 슬픔의 감정 또한 개인의 근원적인 것이라 할 수 있다. 외로움이나 슬픔의 감정은 자족적이라기보다는 그리움이나 연정의 감정으로 이어질 수도 있고 혹은 그것이 부정적으로 이어져서 괴로움이나 절망으로 연결될 수도 있다는 점에서 주목된다. 윤동주의 작품에서 살펴보기로 한다.

> 달밤의 거리
> 狂風이 휘날리는
> 北國의 거리
> 都市의 眞珠
> 電燈밑을 헤엄지는.
> 쪽으만人魚 나.
> 달과던등에 빛어.
> 한몸에 둘셋의그림자

커젓다 적어젓다
×
궤롬의 거리
灰色빛 밤거리를.
것고있는 이마음.
旋風이닐고 있네.
웨로우면서도.
한갈피 두갈피.
피여나는 마음의그림자.
푸른 空想이
높아젓다 나자젓다.

—「거리에서」

　두 연이 일종의 반복을 하는 구조의 작품이다. 첫 연에서는 광풍이 부는 북국의 달밤이 배경이다. 가로등 빛과 달빛에 그림자가 이중으로 생기는 것을 묘사하고 있다. 그 밑을 오고가는 사람을 인어로 표현하여 이삼중의 그림자가 커졌다 작아졌다 하는 풍경을 담담하게 그리고 있다. 둘째 연에서는 그 거리를 걷고 있는 화자의 마음을 나타내고 있다. 공상이나 하는 외롭고 괴로운 심정을 표현하고 있는데, 이 작품에서도 역시 '궤롬', '웨로우면서도' 등의 직접 표현을 함으로써 시의 맛을 떨어뜨리고 있다.

　밤거리의 스산한 풍경을 빌려 심정을 표현한 것이나 한두 갈피 피어나는 '마음의그림자' 같은 것은 참신한 시도이다. 그러나 뒤 연의 노골적인 표현이 오히려 시의 가치를 줄이는 우를 범했다. 이런 현상은 습작기의 작품에서 보편적으로 나타나는 것이라 할 수 있다. 이 작품에서 외로움이 그리움으로 대치될 수 있을지, 아니면 절망으로 이어질지는 의문이다.

실어다 뿌리는
바람 좇아 씨원타.

솔나무 가지마다 샛춤히
고개를 돌리여 뻐들어지고,

밀치고
밀치운다.

이랑을 넘는 물결은
폭포처럼 피여오른다

海边에 아이들이 모인다
찰찰 손을싯고 구부로,

바다는 작고 섧어진다.
갈메기의 노래에……

도려다보고 도려다보고
돌아가는 오늘의 바다여!

ㅡ「바다」

이 작품에서는 작품의 메시지가 큰 의미를 제시하고 있거나 그 기법이 매력을 주고 있지는 못하지만, 앞에서의 작품에 비해 화자가 직접 감정을 토로하는 것이 현저히 줄어들었다. 화자가 '그리워'하고 혹은 '괴로워'하는 것이 앞의 작품이었다면, 이 작품에서 화자는 담담하다. 대신 '바다'가 '섧어' 하고 있다. 갈매기의 노래를 듣는 바다가 서러워하고, 슬픔 때문인지 아쉬움 혹은 그리움 때문인지 이유는 분명치 않지만, 바다가 자꾸 '도려다보고' 있다.

앞의 것에 비해 비유가 뛰어나지도 않고(오히려 못 하고), 시상의 흐름도 밋밋하지만 앞의 것에 비해 오히려 시의 맛이 남아 있는 것은 무엇보다 화자의 목소리가 드러나지 않은 데서 그 원인을 찾을 수 있다. 초기 시들에서 보이던 감정을 직접 토로하던 것이 지양된 것이 이 작품에 부여할 수 있는 최대의 의의이다. 이에서 갈매기의 노래 때문에 슬퍼지는 '바다'에 대한 묘한 매력이 생기게 되고, 그렇기 때문에 '도려다보'는 바다의 행위에 일종의 의미 부여가 가능해지는 것이다.

5.2.3. 괴로움·절망

절망을 노래하는 시에 등장하는 화자에게는 그것이 있게 한 원인이 있기 마련이다. 외로움이 절망으로 이어질 수도 있고, 간절한 그리움이나 향수도 정도가 심해지면 절망을 초래할 수도 있다. 절망이 아니라 괴로움이라도

그런 현상은 마찬가지다. 어떤 것에 원인이 있든 혹은 그
것이 어떤 형태로 표현되든 그것은 개인의 감정인 한 화
자 개인의 문제이다. 괴로움과 절망을 노래하는 윤동주의
시에서 보기로 한다.

> 소리없는 북
> 답답하면 주먹으로
> 뚜다려 보오.
>
> 그래 봐도
> 후―
> 가―는 한숨보다 몯하오.

―「가슴 1」

위 작품은 '소리없는 북'으로 표현한 '가슴'을 두드려 보
지만, 답답함은 쉽게 풀리지 않음을 표현하고 있다. 아무리
가슴을 두드려 봐도 풀리지 않는다. 오히려 가는 '한숨'보
다 못하다. 그러나 한숨이 문제의 해결책이 될 수 없음은
자명하다. 절망의 상태, 헤쳐 나갈 수 없는 괴롭고 힘든 상
태를 화자의 독백형태로 표현하고 있다. 간결한 구조로 제
시되고 있지만, 깔끔하게 다듬어져 있다.

두드린다는 점에서 '북'과 같지만, 소리가 나지 않으므로
북으로서의 역할도 못 하는 것이 가슴이다. 그래서 더 답답
할 수도 있다. 답답할 때 고함이라도 지르면 조금 후련해진

다거나, 큰 소리로 서로 욕이라도 하고 나면 조금 후련해질
수 있는데, 가슴은 두드려도 소리가 없으니 답답하다. 이 작
품은 이중의 의미를 지니는 것으로 볼 수 있다. 두드려도 '소
리나지 않는 북'과 그나마 나은 '한숨'이 결코 궁극적인 해결
책이 될 수 없다는 점에서 그러하다. 다음의 작품을 보자.

꿈은눈을 떴다,
그윽한 幽霧에서.

노래하든 종달이,
도망처 나라나고.

지난날 봄타령하든
금잔듸 밭은아니다.

塔은 문허젓다,
붉은 마음의塔이—

손톱으로색인 大理石塔이—
하로저녁暴風에 餘地없이도,

오—荒廢 의쑥밭.
눈물과 목메임이여!

꿈은 깨여젓다.
塔은 문허젓다.

—「꿈은깨여지고」

노래하던 종다리는 도망쳤고, 탑은 무너져 버렸다. 금잔디 밭도 봄 타령하던 것이 아니다. 하룻저녁 폭풍에 대리석 탑이 무너져서, 황폐의 쑥밭이 되어 버렸다. 탑이 무너진 것은 곧 꿈이 깨어진 것이요, 그래서 눈물에 목이 멘다. 작품이 그리고 있는 정황이 이와 같다. 꿈을 가지고 노력했는데, 그 꿈이 여지없이 깨어져 버린 절망의 상태가 표현되고 있다.

화자의 상태는 참으로 암담하고 절망적이겠지만, 그 담담한 목소리에 묻어나는 것은 그만큼 절실하게 다가오지 않는다. '문허젓다', '깨여졋다' 혹은 '荒廢의쑥밭', '눈물', '목메임' 등이 참신함을 잃기 때문이다. 단순 비유를 동원한 수법이 실상만큼 '애절함'과 '안타까움'을 불러일으키지 못하는 것이 이 작품의 한계이다. 이 작품에서 발견할 수 있는 의의는 관심의 영역이 개인에 국한되지 않고 보다 확대되고 있다는 점이다.

5.3. 가족과 사회에 대한 고뇌

앞장에서는 주로 개인의 고백에 치우친 작품들을 살펴보았다. 그것은 화자 개인의 문제를 토로하고 있는 작품들로서 그것이 다루는 범위도 개인에게 해당하는 것이었다. 그리움이나 외로움, 슬픔 등은 전형적인 개인의 문제였고, 절망을 노래한 작품으로 오면서 그 범위를 넓혀 볼 여지는 있었다. 그러나 모두 개인의 문제를 중심으로 노래한 작품들이었다.

앞장의 것이 개체로서의 '나'의 문제를 중심으로 했다면, 이 장에서는 화자의 목소리가 자신에게 제한되지 않는 경우를 보게 된다. 문학 작품은 텍스트가 갖는 모호성의 특징 때문에 해석의 다양성은 항상 열려 있기 마련이다. 그러므로 뛰어난 작품은 그 해석의 범위가 넓고 깊어지게 마련이다. 따라서 이 장에서 다루는 작품에서 화자가 내는 목소리의 해석 범위가 넓고 깊어진다는 것은 작품의 수준이 올라간다는 의미로도 이해할 수 있다. 작품의 의미가 '나'에 갇히지 않고 가족이나 이웃, 조국의 범위로 확대된다는 것은 그만큼 작품의 완성도의 향상이라는 말로도 대치될 수 있다.

5.3.1. 자기희생

일제 식민지 상황에서 생존의 의미는 곧 저항으로 연결된다. 인간 개체의 자유와 행복 추구가 극히 제한받던 상황이었으므로, 개인의 자유와 행복의 추구 혹은 생활의 보장 등을 위한 행위는 곧바로 그것을 제한하고 억압하는 주체였던 일제에 대한 저항이 될 수 있었던 것이다.[37] 아래에

---

37) 김윤식 교수는 「어둠 속에 익은 사상 - 윤동주론」에서 "동주는 속죄양의 좌표 속에 놓여야 했다. 그것은 곧 우리의 자화상이었다."고 했다.

서 윤동주의 작품을 통해 살피기로 한다.

－「초한대」

이 작품은 불타는 초를 노래하고 있다. 어기서는 눈물과 피를 흘리며 불을 피우는 초가 그려진다. 그 초는 생명까지도 불사르며 불꽃을 피운다. 그 불꽃은 마치 매가 꿩을 쫓듯이 암흑을 내쫓는다. 초는 생명을 바치는 희생으로 방의 어둠을 내쫓고 향내를 풍기는 제물이다. 표면적으로는 자기 몸을 불태워 방을 밝히는 초를 노래하고 있지만, 화자의 목소리는 거기에 머무르지 않는다.

초가 단순히 '초'가 아니라 그것은 윤동주 자신을 비롯해 무한히 그 범위를 넓힐 여지를 안고 있다. 또한 '祭物'이라 표현된 초의 의미가 다분히 함축적이라 매우 다양한 해석이 가능하다. 뿐만 아니라 '暗黑'의 의미도 단순한 어둠이라는 뜻으로 제한될 수 없다. 작품에 동원된 '초'와 '祭物'과 '暗黑'은 서로의 의미 영역에 영향을 미쳐, 이 작품의 메시지를 끊임없이 확장하고 있다.

'어둠'이 개인의 질병이라면, 초는 약재가 될 수도 있고, 어둠이 식민지 조국을 상징한다면, 한 자루의 초는 '조국의 제단에 바치는 윤동주의 목숨'을 의미할 수도 있다. 혹은 초는 '집안의 영광을 되찾는 것'으로도 해석될 수 있다. 이 작품은 의미 부여에 벽이 쳐져 있지 않다. 그래서 수없이 다양한 해석이 가능하다. 모호성의 개념으로 본다면 해석의 가능성을 넓혔다는 점에서 앞의 작품들에 비해서 뛰어난 작품이다.

이 작품과 같은 분위기는 자선 시집에 실린 「十字架」, 「懺悔錄」 등으로 이어진다. '괴로왔든 사나이/幸福한 예수·그리스도에게/처럼/十字架가 許諾된다면//모가지를 드리우고/꽃처럼 피여나는 피를/어두어가는 하늘밑에/조용히 흘리겠습니다.'[38]에서도 자기희생의 의지가 강하게 드러나고 있다. 그러나 「十字架」보다 「초한대」가 의미의 해석 가능성

---

38) 「十字架」의 부분.

이 훨씬 넓다.

5.3.2. 자각·결의

　의미의 해석 가능성이 열려 있는 시에서 그 작품의 의미는 다양하게 나타나기 마련이다. 이런 작품에서 작품에 담긴 주된 메시지를 밝혀내는 것은 작가의 의견에 기대거나 작품의 바탕이 되는 사회 현실에 기대어 보는 것이 효과적이다. 작품 자체에 매달리거나 독자의 견해에 의존해서는 의미의 확정이 불가능하기 때문이다. 이런 점을 염두에 두고 아래의 작품을 보면, 중심 의미는 마지막 구절에서 찾을 수 있다.

<blockquote>

싸늘한 大理石기둥에 모가지를 비틀
어맨 寒暖計,
문득 드려다 볼수있는 運命한 五尺六寸
의 허리가는 水銀柱,
마음은 琉璃管보다 맑소이다.

血管이單調로워 神経質인 輿論動物,
각금 噴水같은 冷춤을 억지로 삼키기에,
精力을 浪費합니다.

零下로 손구락질할 수돌네房처럼 칩은
겨을보다
해바라기가 滿發할 八月校庭이 理想곱소
이다.

</blockquote>

피끓을 그날이 –

어제는 막 소낙비가 퍼붓더니 오늘은
좋은 날세올시다.
동저골바람에 언덕으로, 숲으로 하시구려 –
이렇게 가만가만 혼자서 귓속이약이를
하엿습니다.
나는 또 내가 몷으는사이에 –

나는 아마도 眞實한世紀의 季節을 아,
하늘만보이는 울타리않을뛰처,
歷史같은 포시슌을 직혀야 봄니다.

– 「寒暖計」

　이 작품도 경우에 따라 수없이 다양한 의미로 해석이 가능하도록 의미 장치가 마련되어 있다. ‘하늘만보이는 울타리’는 결국 ‘우물’과 비슷한 이유로 사용되었다고 보인다.[39] 그것을 ‘뛰처’ 나가겠다는 것에 문제의 핵심이 있다. ‘眞實한世紀의 季節’을 따라 우물 안의 개구리와 같은 상황을 벗어나서 ‘歷史’적인 의의를 지니는 ‘역할’을 하겠다는 의미로 읽을 수 있다.

　현실에 대한 자각이 곧 현재의 상황이 우물에서 바라본 하늘이었다는 것을 아는 것으로 나타나고, 그것에 대한 깨

---

39) 이에 대해 김우창 교수는 「손들어 표할 하늘도 없는 곳에서 – 윤동주의 시」에서 “여기의 ‘하늘만 보이는 울타리 안’은 놀라웁게 「자화상」의 근본 이미지와 비슷한 것이다.”고 했다.

달음이 곧 현실 부조리의 타파를 위한 구체적인 실천으로 이어지는 것이 역사의 포지션을 지키는 것이라 할 수 있다. 이런 이미지는 뒤의 다른 작품으로 이어지는데, '하로의 울분을 씻을바 없어 가만히 눈/을 감으면 마음속으로 흐르는 소리, 이/제, 思想이 능금처럼 저절로 익어 가옵/니다.'[40]와 같은 구절이 그것이다.

5.3.3. 고난과 극복

앞의 자기희생이 소극적 의미의 고난에 대처하는 방법이었다면, 자기 위치의 자각과 결의는 보다 적극적인 해결의 출발점이 된다고 하겠다. 아래의 시는 여기서 다시 나아가는 것이라 할 수 있다. 문면에 나타난 표현의 의미만 지닌다면, 시는 신문기사와 다를 것이 없다. 무슨 감동이나 깨침이 있을 수 없는 것이다. 시는 뛰어난 작품일수록 다양한 의미를 내포하게 되고, 때문에 해석의 가능성이 확대된다. 아래의 작품을 보자.

이른아츰 안낙네들은 시들은 生活을
바구니 하나 가득 담아니고……
업고 지고……안고 들고……
모여드오 작구 장에 모여드오.

---

40) 「돌아와보는밤」의 끝 구절.

　　가난한 生活을 골골히 버려놓고
　　밀려가고……밀려오고……
　　제마다 生活을 웨치오……싸우오.
　　왼하로 올망졸망한 生活을
　　되질하고 저울질하고 자질하다가
　　날이 저무러 안낙네들이
　　씁은生活과 박구어 또 니고돌아가오.

— 「장」

　위 시는 언뜻 보면 시장의 풍경을 묘사하고 있다. 아낙들이 아침에 시장에 모여들어 물건을 팔고 사며 하루를 보낸 뒤 날이 저물자 다시 집으로 돌아가는 아주 평범한 시골 장의 풍경을 그대로 그려 볼 수 있다. 그러나 정작 그렇게 단순하지만은 않다. 우선 둘째 연에서 생활을 위한 외침이 나타나 있다. 이것은 달리 표현하면 생존을 위한 노력이고, 상대를 두고 벌이는 일종의 경쟁이다. 그리고 이 의미를 둘러싸고 있는 것이 첫 연과 마지막 연이다. 단순 도식화하면, 아침에 떠나왔다가 저녁에 제자리로 돌아가는 것으로 되어 있다.

　이것의 의미는 다양하게 해석될 수 있다. 원점으로의 회귀를 말하는 것일 수도 있고, 본래 상태로의 회복을 꿈꾸는 것이라고도 할 수 있다. 생존을 위한 싸움을 하고 있는 것을 제시함으로써 어떤 암시를 주는 것일 수도 있다. 뿐만 아니라 그 배경이 '장'이라는 점도 간과할 수 없다. 끈끈한 '생

명력’이 넘치는 곳이고, ‘생존’을 위한 물건을 확보하는 중
요한 곳이 바로 장이라는 점에서 다양한 의미로 읽을 수 있
음은 물론이다. 경우에 따라서는 아낙들이 장을 배경으로 제
시하는 원상회복의 메시지는 남자들에게 큰 자극제로 작용
할 수도 있다. 식민지 상태를 극복하고 나라의 독립을 쟁취
함으로써 민족의 원상을 회복하려는 의지를 심을 수도 있다.

이 작품을 어떤 의미로 읽든, 생명력과 생존을 위한 경
쟁, 그리고 원상회복의 메시지는 보편적으로 적용될 수 있
다. 이는 이 시에서 ‘싸우자’ 혹은 ‘이기자’ 등의 화자의 목
소리가 그대로 드러나지 않은 데서 오는 것이다. 여기서 보
듯 시에 있어서의 모호성의 확보는 곧 작품의 질과도 연결
될 수 있다.

윤동주 초기시 작품들 중 해석의 범위가 좁은 작품이 많
다는 것은 한 면으로는 뛰어난 작품이 적다는 말과도 상통
한다. 특히 개인의 고백과 관련한 작품들은 극히 제한된 의
미밖에 표현하지 못하고 있다. 그러나 아래 작품은 초기시
의 수작으로 꼽을 만하다.

후어 - ㄴ한房에 遺믄은 소리없는 입놀림.

―바다에 眞珠캐려 갓다는 아들
海女와 사랑을 속삭인다는 맏아들,
이밤에사 돌아오나 내다봐라 ―

平生 외로운 아바지의 殞命.

외딴집에 개가 짖고,
휘양찬 달이 문살에 흐르는밤.

ㅡ「遺言」

　이 작품은 크게 셋으로 나누어 볼 수 있다. 하나는 운명을 맞는 밤의 정경이다. ‘휘양찬’ 달이 문살에 흐르는 밤, 개가 짖고 있는 밤의 모습이다. 다른 하나는 진주를 캐러 간 아들, 해녀와 사랑을 속삭인다는 아들이 돌아오지 않고 있는 상황이다. 작품에서 보면 아들은 둘일 수도 있고, 하나일 수도 있다. 진주 캐러 간 아들과 해녀와 사랑을 속삭이는 아들이 동일인일 수도, 아닐 수도 있기 때문이다. 그리고 마지막 하나는 아들을 기다리며 운명을 맞는 노인이다.

　우선 제목에서 보이는 문면 그대로의 의미로 읽을 수 있다. 죽음을 앞둔 아버지의 외로움 혹은 쓸쓸함, 아들에 대한 그리움이나 기다림 또는 인생의 허무함이나 허탈감도 느낄 수 있다. 뿐만 아니라 아들에 대한 원망이나 절망을 제시하고 있다고도 할 수 있다. 아들의 입장으로 보면, 달콤한 사랑을 누리는 삶이 될 수도 있고, 진주를 캐는 갑부의 꿈을 키우는 아들일 수도 있다. ‘휘양찬 달’이 뜬 아름다운 풍경도 노인의 죽음 쪽으로 대비해 보면 허전함을 증대시키는 효과를 낳고, 반대로 사랑을 속삭이는 아들 쪽으로 연결하면 연인과 나누는 사랑의 달콤함을 상승시키는 효과를 자아내고 있다.

시각을 달리 해 보면, 노인의 죽음은 조국이나 민족의 운명과도 연결 지어 볼 수 있다. 조국이 망해 가고 있는데, 아들로 상징되는 희망은 보이지 않는다는 상황으로 읽어도 별 무리가 없다. 가시적인 희망이 보이지 않는 상태에서 점점 기울어져 가는 국운의 안타까움, 그 슬픔과 처절함을 나타내는 작품으로도 훌륭하게 성공하고 있다.

문학 작품의 언어가 일상의 언어와 구별되는 가장 큰 특징은 그것의 모호성에 있다. 이것은 그것이 함의하고 있는 것이 깊고도 넓어서 작품을 보는 시각을 바꿈에 따라 의미의 분화가 다양하게 일어나는 것인데, 그것이 용이하지 않은 것은 그만큼 작품의 맛이 떨어진다는 것을 의미한다. 시 읽기는 작품에 따라 다양하게 가능하다. 독자의 주체적인 읽기가 전제되고, 작품이 그런 다양한 의미의 씨앗을 지니고 있어야 함은 물론이다. 작품의 생산 주체가 작가이지만, 작가의 의도가 작품의 의미를 온전히 규정할 수 없고, 나아가 작품 또한 독자의 독서 행위를 온전히 통제할 수는 없다. 작품이 내포하고 있는 의미의 씨앗이 다양할수록 독해의 폭과 깊이는 더없이 크고 깊어질 수 있다.

윤동주의 초기시에는 비교적 분명한 의미를 지녀 해석의 범위가 제한되는 작품과 다양한 해석의 가능성을 열어주는 작품으로 구별되었다. 전자는 주로 개인으로서의 감정을 토로하는 형식으로 개인으로서의 '나'의 모습이 나타나고 있고, 후자는 의미의 폭이 대사회적인 범위로 확대되면서 탈개체로서의 우리의 모습이 나타나고 있었다. 즉 개인적인 문제를 고백하는 형태와 나아가 이웃과 조국으로 범위를 넓힐 수 있는 경우였다. 이는 다르게 말하면 자신의 내면의식을 표현한 것과 외부에 대한 저항의지를 나타낸 것이라고도 할 수 있고, 작품의 해석 범위가 전자에서 후자로 올수록 넓어짐을 뜻하는 것이기도 하다.

6. 발랄함: 동시가 그리는 지형도

6.1. 동시 창작의 배경과 동시 양식의 효과

동시는 평양의 숭실중학에서 수학하던 시기부터 연희전 문학교에 입학한 후인 1938년 10월까지 창작되었다. 송우 혜는 윤동주가 '돌연히' 동시를 당당하게 써내기 시작한 것 은 『정지용 시집』을 읽은 이후의 영향이라고 보고 있다.[41] 윤동주 시인에게 숭실 시절이 갖는 의미는 최초의 타지 경 험이면서 '시에의 경도(傾倒)와 개안(開眼), 바로 그것이었 다'[42] 시에 눈뜬 시기에 쓰기 시작한 것이 동시라는 점에

---

41) 송우혜, 『개정판 윤동주 평전』, 세계사, 1998, 152 - 154쪽 참조.
42) 송우혜, 앞의 책, 154쪽.

서 고찰의 의의가 더 커진다고 하겠다.

김만석은 윤동주의 동시에 대한 연구가 중국에서는 물론 한국에서도 별로 진행되지 못하고 있다고 지적하면서, 동주의 동시학습과 창작, 동주가 추구한 동시형태, 그리고 동주 동시의 사상미학적 가치로 나누어 비교적 체계적인 고찰을 한 바 있다. 중국 조선족의 항일아동문학기에 우리말과 글로 일궈낸 뛰어난 창작 성과를 강조하면서 항일 아동문학 분야의 '기둥작가'로 평가하고 있다. 시인이 보인 민족 자주, 반일 저항의식, 작품의 성과 등에 주목하면서 아동문학가로 높이 평가한 것이다.

윤동주는 중국조선족아동문학형성기인 1930년대의 작가로서 중국 조선족 항일아동문학시기에 자유동시확립의 정초이자 예술적인 동시로써 반일저항의식을 오묘하게 반영한 우리의 자랑찬 동시인이다. 때문에 그의 동시작품은 우리 항일아동문학의 귀중한 재부로 되며 그의 이름은 항일아동문학에서의 기둥작가로 빛나는 것이다. …… 윤동주는 중국북간도 태생으로서 중국조선족아동문학의 대표자일뿐만아니라 그가 거둔 창작성과로 하여 전반 조선아동문학에서도 그 위치 상당한 동시인인 것이다. ……특히 일제의 조선말 말살정책에 항거하여 우리의 아름다운 말과 자랑스러운 글로 성과적동시를 써내여 조선동시발전에 마멸할 수 없는 공훈을 세운 작가로 되기 손색 없는것이다.43)

동시는 일차적으로 아동을 독자로 하는 문학이다. 그러

---

43) 김만석, 「윤동주 동시연구」, 『론문집』, 107 - 108쪽 참조.

므로 동시는 내용이나 형식 면에서 아동에게 읽히는 문학
이요 아동이 읽어야 할 문학이다. 그러나 성인도 영원한 영
혼의 고향인 동심의 세계를 갖고 있기 때문에 넓은 의미에
서는 동심적 성인도 동시의 독자이다. 동시에서 작가의 연
령보다 지어진 작품이 문제라고 한다면, 아동과 성인이 다
함께 동시의 작자일 수 있다. 보다 엄격히 말하면 동시의
작자는 어린이에게 읽힐 것을 강하게 의식한 동심적 성인작
가이다.[44]

동시는 시이기 때문에 성인이 읽어도 좋은 문학 작품으
로서의 수준을 확보해야 됨은 물론, 아동의 지적 능력의 발
달과 이해력, 그리고 생활 경험에 적합한 형식과 내용으로
서 교육적 효과를 동시에 갖추어야 한다. 뿐만 아니라 동시
는 동심을 지녀야 한다. 동시의 밑바닥은 한마디로 어린이
다운 사고와 감동으로 이루어진다고 할 수 있다.[45] 어른이
볼 때 별스런 것이 아니더라도 아동의 눈으로 보면 놀랍고
신기하고 감동적인 것이 동심의 세계이다.

윤동주가 남긴 동시 작품은 30여 점이다.[46] 이들 중 최

---

44) 이재철, 『아동문학의 이론』, 형설출판사, 1984, 11－12쪽 참조. 인용문의 '동
　　시'는 원문에는 '아동문학'임.

45) 이재철, 앞의 책, 21－22쪽 참조.

46) 『사진판 전집』에는 동시 혹은 동요로 장르 표기가 된 작품이 34점으로 다음과
　　같다. 「조개껍질」, 「고향집」, 「병아리」, 「오줌쏘개디도」, 「창구멍」, 「짝수갑」, 「기
　　와장내외」, 「비ㅅ자루」, 「해ㅅ비」, 「비행긔」, 「굴뚝」, 「무얼먹구사나」, 「봄」, 「참
　　새」, 「개」, 「편지」, 「눈」(지난밤에/……), 「사과」, 「눈」(눈이/……), 「닭」, 「겨을」,
　　「호주머니」, 「거즛뿌리」, 「둘다」, 「반듸불」, 「할아버지」, 「만돌이」, 「나무」, 「해

초의 것은 「조개껍질」로 1935년 12월에 창작된 것이다. 이 동시들을 창작하기 이전에 「초한대」(1934년 12월) 등 일곱 편의 시가 남아 있다.[47) 동시가 일반시와 구별되는 점은 작가가 일상의 삶을 어린이의 눈을 통해서 어린이의 언어로 표현한 것이다.

동시의 독자를 두고 볼 때도 사정은 마찬가지다. 어린이의 눈으로 본 동심의 세계를 어린이들의 언어로 표현한 동시를 읽는 사람은 어린이에 제한되지 않는다. 본고에서는 적극적인 독자의 입장에서 논의를 전개하고 있다. 작품은 모든 독자들에게 열려 있고, 훌륭한 작품은 다양한 해석의 가능성을 잉태하고 있기 때문에 독자의 경험과 세계관에 따른 주체적인 해석에 따라 다양한 의미를 지닐 수밖에 없다.[48) 이렇게 본다면, 윤동주의 동시는 다른 시들과 함께 시인의 시 세계를 읽어 내는 훌륭한 재료가 됨을 확인할

빛.바람」, 「해바라기 얼골」, 「애기의 새벽」, 「귀뜨람이와 나와」, 「산울림」. 한편, 『전집』 1권(문학사상사, 1995)에는 이들 중 「창구멍」, 「짝수갑」, 「개」가 빠지고, 「버선본」이 추가되어 32점으로 분류되어 있다. 필자는 이들 중 「고향집」을 동시에서 제외하고 「비둘기」는 동시로 보고자 한다.

47) 이 작품들은 「삶과죽음」, 「래일은없다」, 「거리에서」, 「空想」, 「蒼空」, 「南쪽하늘」 등이고. 이 중 「초한대」는 이미 윤동주의 세계관이 드러난 완성도 높은 작품으로 평가받고 있다.

48) 시 읽기는 작품에 따라 다양하게 가능하다. 독자의 주체적인 읽기가 전제되고, 작품이 그런 다양한 의미의 씨앗을 지니고 있어야 함은 물론이다. 작품의 생간 주체가 작가이지만. 작가의 의도가 작품의 의미를 온전히 규정할 수 없고, 나아가 작품 또한 독자의 독서 행위를 온전히 통제할 수는 없다. 독자의 역할이나 작품이 내포하고 있는 다양한 의미의 씨앗으로 인해 독해의 폭과 깊이는 더없이 크고 깊어질 수 있다.

수 있다. 윤동주에게 있어 동시는 그것이 지어진 시기로 보면 초기시에 해당한다. 즉 이는 시인이 인생의 항로를 정해 가던 시절의 것이며, 시의 싹을 틔우던 시기로 중, 후기 작품의 특징에 대한 씨앗을 밝히는 의미에서 의의를 가진다.

그리고 동시라는 양식상의 특징이 윤동주의 시에 기여하는 바에 대한 고찰이 필요하다. 이는 곧 시인이 하고자 하는 말을 문학의 다양한 양식 중 동시라는 옷을 입힌 것에 대한 해명이 필요하다는 말이기도 하다. 이는 동시의 어떤 특징을 시인이 표현양식으로 선택했는지를 묻는 물음에 대한 해답이 될 수 있다. 또한 작품의 창작과 발표가 외부적 제약에 의해 자유롭지 못했던 당시의 시대적 상황에서 동시가 가졌던 장점에 대한 해석이 되기도 한다.

동시라는 양식은 우선 현실적 제약을 극복하는 방편이 될 수 있다. 동시가 어린이의 눈으로 본 세계를 어린이의 언어로 표현한다는 말은 곧 동시의 화자가 어린이라는 말이 된다. 어린이 화자를 통해 만들어지는 작품에는 동심이 주를 이루기 마련이다. 동심은 밝고 맑음으로 대표될 수 있을 뿐만 아니라 자아와 세계의 분리가 명시적이지 않다. 이는 우주 공간과 자아를 가르는 선이 없거나 분명치 않다는 말이다. 동시의 세계에서는 산이나 들과 대화 나누기가 전혀 이상하지 않고 강아지와 함께 잘 수도 있고, 참새는 화자의 훌륭한 상담원이 되기도 한다. 상처 입은 까치가 곧 화자의 아픔이 될 수 있는 세계가 곧 동심의 세계이다.

윤동주의 동시가 쓰인 시기에는 시도 같이 창작되었다. 동시가 갖는 장점이 곧 윤동주가 동시 창작을 한 이유가 된다. 1930년대 말엽 이후에는 주체의 무력화와 허무주의가 더욱 만연되었고 사회·문화의 암흑기로서, 이상과 희망을 표명하는 일은 그 어떤 식으로도 불가능한 것처럼 보였다. 그런 중에도 윤동주 같은 시인들에 의해 해방을 맞을 때까지 새로운 삶에 대한 꿈과 의지가 끝까지 지켜지고 있었다.[49]

이런 시대적 상황을 감안한다면, 윤동주는 '어린이의 눈과 어린이의 언어를 통해 어린이의 세계(동심)를 그린다'는 동시의 특징을 암울한 현실에 대한 대응 무기로 삼은 것이다. 독을 품은 독사나 가시 돋친 나무도 어린이의 눈으로 보고 어린이의 말로 표현하면 달라지게 마련이다. 곧 동심의 '옷'을 입힘으로써 독과 가시마저도 동화의 나라에서는 현실과 다른 환상적 '마술'을 부릴 수 있게 된다. 현실에 대응하는 저항의지라는 알맹이에 동시의 옷을 입히는 것은 검열을 벗어날 수 있는 훌륭한 방법의 하나가 될 수 있다.

곧, 거칠고 억센 식민지 말기의 질곡에서 벗어날 수 있는 방법 중의 하나가 어린 것, 착한 것, 순진무구한 것, 아름다운 것을 동경하는 동심에 대한 지향정신 속에서 획득

---

49) 나병철, 「식민지 시기의 문학」, 『식민지 시기의 사회경제 2』, 한길사, 1994, 309쪽.

될 수 있다는 점을 반영하는 것으로 해석된다. 이것은 유아적 퇴행 또는 패배주의에서 비롯된 것이 아니라, 오히려 현실에 대한 극복과 초월 정신을 지향하는 데서 우러나온 것으로 판단되기 때문이다.[50] 이는 다음의 동시 양식 자체의 발랄성과 생명력에서 더욱 두드러진다.

동시 양식은 작품의 생명력을 획득하는 수단이 되기도 한다. 동시의 표현 기법은 그 나름대로 시인의 의식을 표현하는 좋은 그릇이 될 수 있다. 그것이 윤동주의 시에서 세계와의 동화를 이루는 평온과 교감을 표현하는 형태나 천진난만한 동심의 세계가 갖는 자유와 밝음과 희망의 특징은 암울한 현실을 밝혀주는 훌륭한 등불이 될 수 있다.

자연과 더불어 평화를 이루는 동심의 세계가 동시의 주된 특징이라면, 아래의 작품에는 그것이 훌륭하게 펼쳐지고 있다. 이들 작품에서 맛볼 수 있는 동시 특유의 물아일체의 경지는 윤동주의 시에서 하나의 씨앗이 되어 후기에까지 이어져 꽃피우게 되는 요소이다. 동시 양식의 발랄성은 곧 윤동주 시의 생명력을 키워주는 촉매가 된다.

앗씨처럼 나린다
보슬보슬 해ㅅ비
맞아 주자, 다가치
옥수수대 처럼 크게

---

50) 김재홍, 「운명애와 부활정신」, 『전집 2권』, 226 - 227쪽.

닷자엿자 자라게
해ㅅ님이 웃는다,
나보고 웃는다.

하날다리 놓엿다,
알롱달롱 무지개
노래 하자, 즐겁게
동모들아 이리 오나,
다갖이 춤을추자,
해ㅅ님이 웃는다,
즐거워 웃는다.

「〈해ㅅ비」

비가 내리는 것과 비 갠 뒤의 무지개를 노래하는 이 작품은 평화로움과 따뜻함으로 가득 차 있으며, 잘 정돈된 리듬은 거기에 동화적 안정감을 더해 준다. 자아와 외계가 조화되어 있다기보다 양자가 분할되어 있지 않은, 따라서 둘 사이의 갈등도 있을 수 없는 유년적 축제의 세계[51]가 표현되어 있다. 동화적 환상이 작품 내용에 빛을 쬐고 그것이 생기 넘치는 작품의 양분이 되고 있다.

우리애기는
아래발추 에서 코올코올,

고양이는

---

51) 김흥규, 「윤동주론」, 『전집 2권』, 301쪽.

부뜨막에서 가릉가릉

애기바람이
나무가지에 소올소올

아저씨 햇님이
하늘한가운데서 째앵째앵.

— 「봄」

　이 작품은 아기와 고양이의 낮잠 자는 오후의 모습이 그려지는 작품이다. 아기가 '코올코올' 앙증맞게 잠들었는데, 무료한 고양이는 온기가 남아 있는 부뚜막에 '가릉가릉' 배를 붙이고 늘어져서 눈을 감고 있는 모습이 잘 나타나 있다. 잠든 사이에 간들간들 바람이 아기를 깨우지나 않을까 '소올소올' 조심스럽게 지나가고 해님은 '째앵째앵' 햇볕을 내리쬐어 포근한 이불이 되어 주고 있다. 세계와 경계가 없는 동심의 세계가 평화롭고 따뜻하게 잘 표현된 작품이다.
　또한 아래에서는 장난기의 표출이 나타난다. 어린이의 세계에서 장난은 빼놓을 수 없는 특징이다. 성인들 사이에서는 용납될 수 없는 것도 어린이의 행동은 장난이 될 수 있다. 그것은 어린이의 특권이지만, 이는 동심에 의한 것이기 때문에 가능한 것이다. 아동기의 동심에 의한 악의 없는 행동이기 때문에 장난이 될 수 있고, 이는 마치 숨바꼭질처럼 펼쳐지는 것이다. 아래 동시들은 이런 장난기가 발동한 것이다.

손가락에 침발러
쏘 – ㄱ, 쏙. 쏙
장에가는 엄마 내다보려
문풍지를
쏘 – ㄱ, 쏙. 쏙

아츰에 햇빛이 빤짝,

손가락에 침발러
쏘 – ㄱ, 쏙. 쏙.
장에가신 엄마 돌아오나
문풍지를
쏘 – ㄱ, 쏙. 쏙.

저녁에 바람이 솔솔.

–「해빛.바람」

　밖을 내다보기 위해 문창호지에 구멍을 뚫는다. 칼로 도려내거나 막대기로 쑤셔 넣는다면 그것은 동심답지 않다. 손가락에 침을 발라 눈을 동그랗게 뜨고 입을 오므리면서 문살 사이로 손가락을 비비는 장면을 떠올릴 수 있다. 엄마의 출입을 알고 싶은 호기심이 발동하지만, 문을 열고 본다면 재미없다. 장난기와 함께 호기심 넘치는 동심을 그려 볼 수 있다. 더구나 그 구멍을 통해 낮에는 햇빛이 '반짝', 저녁에는 바람이 '솔솔' 들어오고 있다. 역시 자연과 화자의 일체를 함께 엿볼 수 있는 작품이다.

똑, 똑, 똑,
문좀 열어주서요.
하로밤 자고갑시다.
밤은깊고 날은추운데,
거, 누굴가?
문열어주구 보니,
검둥이의 꼬리가,
거즛뿌리 한걸.
        ×
꼬기요, 꼬기요,
닭알 나앗다.
간난아! 어서집어가거라
간난이 뛰여가보니,
닭알은 무슨닭알.
고놈이 앏닭이
대낮에 재ㅅ발간
거즛뿌리 한걸.

―「거즛뿌리」

집에서 키우는 개와 닭이 등장하여 '거즛뿌리'를 한다. 검둥이가 문밖에서 똑똑 문을 두드린다. 손님이 온 척하여 주인을 곯려주고 있다. 그리고 알을 낳지도 않은 닭이 '꼬기요' 울어서 알을 가지러 오는 꼬마를 곯린다. 이 동시에서는 화자가 곧 검둥이고 닭이다. 검둥이와 닭을 통해 이야기가 될 뿐 실제의 장난은 화자가 하고 있는 것이다. 역시 세계와 일치된 화자의 장난기를 맛볼 수 있는 작품이다.

아래는 깜찍한 언어유희가 나타나는 작품이다. 우주와

일치를 이루는 화자는 햇빛이나 바람과도 친구가 될 수도
있고, 검둥이나 암탉과도 하나가 될 수 있다. 아래 작품에
서는 언어 자체를 장난감으로 만들기도 한다. 흙과 나무가
장난감이 됨은 물론 바람이나 햇빛도 소꿉친구가 되며, 엄
마에게서 배운 말도 장난감이 되는 동심의 세계를 아래 작
품들에서 경험할 수 있다.

눈이
샛하야케 와서,
눈이
새물새물 하오.

- 「눈」

난간 밑에
시라지 다람이
바삭바삭
춥소.

길 바닥에
말똥 동그램이
달랑 달랑
어오.

- 「겨을」

위의 동시는 눈[雪]과 눈[目]을 같이 '눈'으로 써서 재미
있게 표현한 작품이다. 극히 절제되어 짧지만 리듬도 재미

있고, 깜찍함이 느껴지는 작품이다. 두 번째 동시에서는 '시라지 – 다람이/바삭바삭', '말똥 – 동그램/달랑 달랑'이라는 부분에서 특히 언어의 조탁이 뛰어난 작품이다. 읽어보기만 해도 처마 밑에 걸려 있는 시래기나 길바닥에 떨어진 쇠똥을 보는 것 같다.

넣을것없서,
걱정이든,
후주머니는,

겨을만 되면
주먹두개 갑북 갑북.

– 「호주머니」

또한 호주머니를 소재로 한 이 동시도 재미있다. 호주머니에 손을 넣고 조몰락거리는 소년, 찬바람을 피해 양지에 올망졸망 모여 제각기 주머니에 손 넣거나 두 팔로 가슴을 감싸고 있는 모습을 그려보게 하는 작품이다. 역시 뛰어난 언어감각이 느껴진다. 늘 비어 있던 주머니가 겨울이 되니 주먹 두 개로 '가득' 채워진다는 발상도 동심의 세계에 취하게 하는 것이다.

윤동주는 암울한 현실을 고발하고 그것에 대한 극복 의지를 표현하는 것을, 동시의 옷을 입음으로써 현실적인 제약을 극복하고 있다. 곧 동시를 통해 본질 가리기를 시도한 것이다. 또한 동심을 노래하는 동시의 자유롭고 유연한 표현기법은 작품의 형상화에 훌륭하게 기여하고 있다. 곧 주제의 효과적인 표현을 위해 동시 형식을 활용한 것이다. 윤동주는 노래하는 내용의 '가시'를 가리는 트릭으로 동시를 이용하는 한편 주제 표현의 유용하고 효과적인 방편으로 동시를 빌렸다고 할 수 있다.

이렇게 볼 때 시인은 동시를 창작함으로써 다음의 두 가지 면에서 효과를 거두고 있다. 하나는 말하고자 하는 내용의 본질을 유지하면서 의도를 숨기는 방편으로 동시를 이용한 것이고, 다른 하나는 동시 양식 자체의 발랄함과 생명력을 작품의 주제 형상화에 이용한 것이다.

6.2. 거대한 세계의 횡포

6.2.1. 결여·상실의 현실

시인의 시 세계에서 주된 정서로 나타나는, 감당하기 힘든 세계가 주는 고통과 그것으로부터 벗어나려는 발버둥이 초기시에서 어떤 형태로 나타나는지에 대한 고찰은 시인의 시 세계에 대한 통시적 흐름을 밝히는 중요한 의미를 지닌다. 이 장은 세계에 대한 시인의 인식 정도와 반응태도가 논의의 주된 대상이다. 곧 시인이 경험하는 현실의 무게가 얼마나 무겁고, 느끼는 벽이 얼마나 견고하고 높은지를 고찰해 보기로 한다.

아래 동시는 가족에 대한 그리움의 뿌리가 어디에 닿아 있는지를 나타내는 작품이다. 그리움이라는 감정은 그 대상과 함께 있을 때가 아닌, 가까이 있던 혹은 소중히 여기던 존재와 떨어져 있는 상태에서 일어나는 것이다. 소중한 존재가 결여된 상태의 아픔을 선명하게 확인할 수 있는 작품이다.

비오는날 저녁에 긔와장내외
잃어버린 외아들 생각나선지
꼬부라진 잔등을 어루만지며
쭈룩쭈룩 구슬피 울음웁니다
×
대궐줍웅 우에서 긔와장내외
아름답든 넷날이 그리워선지
주름잡힌 얼골을 어루만지며
물끄럼이 하늘만 처다봅니다,

ㅡ「기와장내외」

아름답던 옛날은 아들과 함께하던 때다. 그때는 비도 두렵지 않았다. 오히려 비와 동무가 되어 화음을 이루며 노래하던 시절이다. 그러나 지금은 아들을 잃은 상태다. 그것도 외아들이라 이제 내외만 남았다. 그래서 기왓장 내외는 비

오는 날이면 구슬프다. 잃어버린 외아들 생각이 나고 신경
통이 도진다.

비 내리는 날 기왓장 내외가 잃은 아들 생각에 구슬피
울고 있다. 아들에 대한 그리움은 곧 아들이 없는 데에 기
인한다. 대궐 지붕에서 옛날을 그리면서 하늘만 쳐다보는
기왓장의 골육의 정은 곧 윤동주의 심정으로 연결된다. 화
자와 세계의 일치를 특징으로 하는 동시에서 기왓장이 아들
을 그리는 것은 곧 윤동주의 그 심정 혹은 윤동주 어머니의
아들에 대한 생각을 표현한 것으로 의미가 넓어진다. 나아
가 나라를 잃은 동포들의 심정을 노래한 것으로 이어진다.

누나!
이겨을에도
눈이가득이 왔습니다.
×　×
힌봉투에
눈을 한줌넣고
글씨도 쓰지말고
우표도 부치지말고
말숙하게 그대로
편지를 부칠가요
×　×
누나가신 나라엔
눈이 아니온다기에.

－「편지」

가족에 대한 정은 원초적 감정의 하나이다. 그런 가족 구성원들의 이별은 어떤 이유에서건 고통스런 경험일 수밖에 없다. 더구나 그 고통에 대한 어떤 선택권도 없다. 주어진 조건을 내 의지로 해결할 수 없는 이 강력한 힘이 이별의 형태로 표현된 작품이다.

눈 오는 날 떠나간 누나 생각이 난다. 눈이 오는 것은 지금 손에 잡히는 현실이다. 그런데 누나는 지금 곁에 없다. 그래서 누나에게 편지를 쓴다. 누나는 눈을 좋아하지만, 누나가 있는 곳은 눈이 없다고 한다. 주소도 우표도 (필요) 없고 혹은 있어도 보낼 수 없는 편지다. 떠나간 누나, 편지조차 할 수 없는 누나, 더구나 눈을 좋아했을 법한 누나, 그 누나는 눈도 내리지 않는 나라로 떠났다. 겨울은 시련이다. 얼어붙은 대지는 마음까지도 얼게 하고 몰아치는 찬바람은 살을 엔다. 그런 겨울날 내리는 눈은 어린이의 마음을 포근히 녹여준다. 이런 날은 가족 생각이 나기 마련이다. 떠난 누나에 대한 안타까움과 그리움이 뼈에 사무치게 표현된 작품이다. 그리움의 뿌리에는 물론 이별과 상실이 자리하고 있다.

윤동주의 시에서 발견할 수 있는 주된 정서의 하나가 그리움이고, 그것이 이별의 원인이고, 그 이별은 자아 외적인 곳, 곧 자아로서 어떻게 해 볼 수 없는 거대한 세계에 뿌리를 두고 있다. 객지 생활을 했던 윤동주는 그 삶 자체가 나그네

인생이었다는 데서 그 원인을 찾을 수도 있겠고, 온 가족이
조국을 떠나서 살아야 했다는 점도 그것의 하나일 수 있다.
또한 망국의 설움은 뿌리 뽑힌 한 그루 나무의 처지이다.

ㅡ「오줌쏘개디도」

아침에 일어나 보니 옆에 누웠던 동생이 간밤에 오줌을
쌌다. 요에 그려진 오줌 자국을 보니 엄마 생각이 난다. 오
줌으로 얼룩진 요를 아침이면 내어 널던 어머니가 떠오른다.
오줌 싼 날 아침이면 소금 얻으러 가던 어린 날도 그려진다.
'이것이 지도라면 엄마 계신 곳으로 찾아갈 수 있을까.' '꿈
에 본 어머니가 계신 지도가 이와 같을까.' 하는 생각들이
머리를 어지럽히며 어머니에 대한 그리움이 피어오른다.

이윽고 어머니에 대한 그리움이 아버지에게로 번져 간다.
'멀리 돈 벌러 가셨다는 아버지는 어떻게 지내실까.' 아버
지와 한 방에 누워 잠들던 시절이 문득 그리워진다. '이것

이 만주땅 지도라면 아버지는 어디에 계실까.' 이런 생각을 떠올리게 하는 작품이다. 화자와 아버지와 어머니가 각기 헤어져 있는 현실, 그래서 그것이 곧 고통이 되고, 그리움으로 피어오르고 있음을 읽을 수 있는 작품이다.

6.2.2. 막막한 세계

앞의 작품들은 가족에 대한 이별을 가져다준 세계에 떠밀린 현실에서 사무치는 그리움을 읽을 수 있는 동시들이다. 그러나 현실의 횡포는 여기에 그치지 않는다. 자아를 짓누르는 세계는 안개에 둘러싸인 거대한 산으로 다가온다. 능선과 골짜기가 구별되지 않는 이 산은, 아래 작품들에서 바위덩이가 있을지 가시덤불이 있을지 점쳐 볼 수 없는 상황으로 몰아넣고 있다.

<blockquote>

바닷가 사람,
물고기 잡어 먹구살구,

산꼴에 사람
감자 구어 먹구살구,

별나라 사람
무얼 먹구사나.

— 「무얼먹구사나」

</blockquote>

바닷가에 사는 누나[52]는 조개를 먹고산다. 산골에 사는 나(총각 애)[53]는 감자를 먹고산다. 별나라에 있는 엄마[54]는 무얼 먹고사는지 모른다. 먹는 것이 무언지도 모르는 그곳은 안개 속의 세계이다. 기후도 날씨도 함께 사는 사람도 알 수가 없다. 바닷가에 사는 누나(언니)는 나에게 '조개'를 보내어[55] 외로움을 달래고 소식을 전한다. 나는 누나에게 산골에 내리는 '눈'을 보내려고[56] 편지를 쓴다. 그 편지는 부치지 못할지라도 누나가 사는 곳은 눈이 내리지 않는 곳이라는 것을 안다. 편지라도 써 볼 수 있는 곳이다.

그러나 별나라는 다르다. 무얼 먹는지도 알 수 없는 곳이다. 별나라에는 엄마가 살고 있다. 엄마가 살고 있는 별나라는 그리움이고,[57] 또 한편 희망[58]이기도 하다. 이상향이자 꿈으로 간직하고 있는, 엄마가 계신 이곳은 편지조차 쓸 수 없다. 꿈속에서나 그려 볼 수 있을 뿐이다.[59] 현실에서 손을 뻗어 보려야 뻗을 수 없다. 이 작품은 등대도 없이, 나침반도 없이 어두운 바다를 향해 나가야 하는 그런

---

52) 〈조개껍질〉 참조.
53) 〈굴뚝〉 참조.
54) 〈오줌쏘개디도〉 참조.
55) 「조개 껍질」 참조.
56) 「편지」 참조.
57) 「별헤는밤」 참조.
58) 「반듸불」 참조.
59) 「오줌쏘개디도」 참조.

현실을 그리고 있다.

－「굴뚝」

동네 총각 애들이 모여 아궁이에 감자를 굽고 있다. 감자 굽는 냄새가 굴뚝을 나와 온 동네로 모락모락 퍼지고 있다. 불 옆에 둘러앉아 옛이야기를 나누는 평온한 겨울날 모습이다. 그러나 평화로운 이 산골은 추억 속의 풍경 혹은 부모 형제와 떨어져 있는 화자가 미래의 꿈으로 간직하고 있는 풍경이다.

산골 오두막에 올망졸망 모여 앉은 사내들의 말똥말똥한 눈동자, 그 눈동자들이 둥글둥글한 감자를 굽는다. 불 속에서 모락모락 익어 가는 감자, 몽기몽기 피어나는 연기와 살랑살랑 온 동네로 번져 가는 냄새, 대낮의 산골 풍경은 따뜻하며 구수하고 인정이 넘치는 평온하기 그지없는 모습이다. 그러나 그런 모습은 '오늘'의 여기가 아니다. 지금 이 곳은 그런 티 없이 맑고 평온한 모습을 잃어버렸다.

현실은 '웨인' 연기가 대낮에 솟고 있다. 더구나 낮은 굴뚝 아래서 깜박깜박한 '검은' 눈들이 모여 피워내는 이야기는 '시커먼' 숯을 바른 입을 통해 나오고 있다. 그 입에서 이야기 하나가 나올 때마다 감자 한 개씩을 삼켜 버린다. 인정이 넘치는 평온한 산골은 가슴 속 추억 속의 모습이고 이미 현실이 아니다. 지금은 대낮에도 눈들이 껌벅이고 있는 곳이다. 막막한 현실이 실감나게 그려지고 있는 작품이다.

6.2.3. 절망과 패배

거대한 세계는 자아를 안개 속으로 몰아넣어 길 잃은 갈매기가 되게 한다. 잡히지 않는 실체를 향한 몸부림은 암담한 현실에 더욱 높은 벽을 쌓기만 한다. 그 현실은 실향민의 삶이 될 수도 있고, 나라 잃은 설움이 될 수도 있다. 아래 작품들에서 암흑의 세계를 헤치고 나가려는 시도는 절망과 패배로 되돌아오고 있다.

가을지난 마당을
백노지인양
참새들이
글씨공부하지요
×

짹, 짹,
입으론
부르면서,
두발로는
글씨공부하지요,
×
하로종일
글씨공부하여도
짹자한자
박에더몯 쓰는걸,

─「참새」

가을 내내 곡식을 널어 말리던 마당에는 가을이 끝나자 참새들의 세상이 된다. 맑은 하늘 아래 하얀 '종이' 위에서 참새들이 모여 '짹, 짹' 소리 내어 읽으며 글씨 연습을 한다. 이렇게 쉼 없이 연습을 하면 제법 글씨를 쓰고 읽을 법한데, 해질 무렵이 되어도 끝내 '짹 자 한 자'밖에 더 쓸 수가 없다. 세계의 벽에 부딪혀 내팽개쳐지는 꼴을 효과적으로 표현하는 작품이다.

아무리 짹짹 소리 내어 읽고 글씨 연습을 해도 참새에게는 노력에 따른 결실이 이루어지지 않는다. 즉 참새에게 현실은 노력에 따른 정당한 대가를 허용하지 않는다. 참새를 노래하고 있는 화자는 참새에 다름 아니다. 추수 때의 마당은 오곡을 널어 말리는 풍성함이 함께하는 곳이다. 그러나 추수가 끝난 마당은 흩어진 곡식 한두 알이 남았을 뿐이다.

그 마당은 곧 현실이요, 참새의 글씨 연습 또한 꿈에서 돌아온 현실의 삶이 된다.

우리집에는
닭도 없단다.
다만
애기가 젖달라 울어서
새벽이 된다.

우리집에는
시게도 없단다.
다만
애기가 젖달라 보채여
새벽이 된다.

-「애기의 새벽」

바다도 푸르고,
하늘도 푸르고,
바다도 끝없고
하늘도 끝없고,

바다에 돌 던지고
하늘에 침 받고

바다는 벙글
하늘은 잠잠

-「둘다」

위의 작품을 보면 세계의 위세는 여기에서 그치지 않는다.

우리 집에는 '새벽'을 알릴 닭도 시계도 없다. 철없는 젖먹이의 울음소리를 통해 새벽을 안다. 새벽은 어둠을 밀어내고 밝음을 가져오는 거대한 몸부림이다. 세상에 해를 띄워 어둠을 몰아낼 전주곡이 울려 퍼지는 것이 곧 새벽이다. 그러나 우리 집에는 그 새벽의 웅장한 등장을 알려 줄 무엇도 없다.

그래서 이 절망을 바다[60]에 매달려 보고 하늘[61]에 하소연하지만, 대답이 없다. 푸른 바다, 끝도 없는 하늘에 외쳐 보지만, 돌도 던져 보고 침까지 뱉어 보지만 바다는 '벙글', 하늘은 '잠잠'할 뿐이다. 누나나 어머니조차도 어떤 도움을 줄 수 없는 것이 현실의 본모습이다. 여기서 누나와 어머니는 가족 구성원으로서의 의미 범주뿐만 아니라 더 넓은 범주를 형성할 수 있다. 이 범주의 확대는 곧 의미의 확산과 심화로 이어진다.

어두운 현실에 갇힌 절망적인 상황이 현실이라면, 유일한 희망은 새벽을 맞는 것이다. 그러나 새벽이 온다 해도 그것은 새벽을 알아차릴 수도 없는 상황이다. 하늘과 바다에 도움을 청해 보지만 그들은 끝내 손을 내밀지 않는다. 세계의 압박은 쉼 없이 죄어 오는데 홀로 내팽개쳐진 왜소한 자아는 어디에도 기댈 곳이 없다.

---

60) 이곳에는 언니(누나)가 있다. 「조개껍질」 참조.
61) 어머니가 있는 곳이다. 「오줌쏘개디도」 참조.

똑, 똑, 똑,
문좀 열어주서요.
하로밤 자고갑시다.
밤은깊고 날은추운데,
거, 누굴가?
문열어주구 보니,
검둥이의 꼬리가,
거즛뿌리 한걸.
           ×
꼬기요, 꼬기요,
닭알 나앗다.
간난아! 어서집어가거라
간난이 뛰여가보니,
닭알은 무슨닭알.
고놈이 앓닭이
대낮에 재ㅅ발간
거즛뿌리 한걸.

－「거즛뿌리」

 거대한 현실의 무게에 눌려 고독한 자아는 만신창이가 되지만, 고난은 여기서 그치지 않는다. '검둥이'와 '앓닭'까지도 놀려 대고 있다. '손들어 표할 하늘도 없는'[62] 나에게 집에서 키우던 검둥이나 닭이 '거즛뿌리'를 해서 나를 곯리고 있다. 철저히 소외된 자아의 추락은 끝없이 계속되고 있다.

 가족과의 이별에서 오는 견디기 어려운 고통을 강요하는 세계는 더없이 암담한 형태로 다가온다. 암울한 현실은 맑

---

62) 「무서운時間」 참조.

고 평온한 모습을 추억으로 만들어 버린 장본인이며, 과거에서 쫓겨난 자아 앞에 버티고 선 벽은 감당하기 힘든 희생을 강요한다. 외톨이는 절망과 패배의 밑그림 위에 서 있다.

6.3. 현실 극복을 위한 의지

6.3.1. 원초적 고향에 대한 동경

거대한 세계에 부딪혀 나뒹구는 현실을 노래한 작품들의 현실에 대한 반응 양상은 크게 두 가지로 나타났다. 하나는 현실 존재의 위력을 인정하여 그것에 굴복하거나 타협하는 것이고, 다른 하나는 그 실체의 위력을 경험하고서도 굴하지 않고 재기의 노력을 기울이는 것이다. 윤동주의 시에서는 후자의 형태로 반응이 나타나는 것을 발견할 수 있다. 이는 시인의 중, 후기 시편들의 정서와도 상통하는 것이다.

윤동주의 시에서 고향에 대한 동경은 큰 줄기의 하나이다. 「별헤는밤」이나 「自畵像」 등에서 고향에 대한 동경을 노래하고 있다. 그 대상은 어머니가 되기도 하고, 순이로 등장하기도 한다. 어린 시절 추억이 되기도 하고, 친구들로 나타나기도 한다. 아래에서 이런 작품들이 던지는 메시지를 중심으로 논의를 이어가게 된다. 특정 대상으로 드러난 경우나 그것이 분명하지 않은 경우에도 그 실체가 무엇이며,

어디에 뿌리를 두고 있는지에 대한 규명이 필요하다.

혈육의 정이 가장 본질적인 감정의 하나이기에, 윤동주의 동시에서도 그것의 표현 방법은 다양하게 나타나지만, 아래 작품에서는 가족에 대한 동경과 애착이 두드러진다. 주위의 사물이나 동식물을 빌려서 그 감정을 표현하고 있다. 동시의 특징인 세계와 동화된 자아의 특징이 이들 작품에서도 잘 나타나고 있는 것이다. 의인화나 감정이입 등의 표현 기재가 동원된 것도 특징이다.

『뽀, 뽀, 뽀,
엄마젓좀주』
병아리 소리.
×
『꺽, 꺽, 꺽
오냐, 좀기다려』
엄마닭 소리
×
좀잇다가
병아리들은
어미품으로
다들어갓지요.

　　　　　　　　　　　　　　－「병아리」

안아보고십게 귀여운
산비둘기 닐곱마리
하늘끝까지보일듯이 맑은 주일날아츰에
벼를거두어 빈빈한논에서

144

앞을다투어 요를주으며
어려운 니약이를 주고받으오.

날신한 두나래로 조용한 공긔를흔들어
두마리가나오,
집에 생긔생각이나는몽양이오,

—「비둘기」

앞의 것은 닭과 병아리의 사랑이 나타난 작품들이다. 병아리들이 엄마 품 속으로 들어가서 포근한 보금자리를 얻게 되는 것은, 화자에게는 '추억'이거나 '희망'이다. 현실의 이룰 수 없는 꿈은 곧 회복하거나 도달해야 할 지향점으로 제시하는 것이다. 이는 곧 병아리를 통한 화자의 대리만족을 상정한 것으로 볼 수 있다.

'산비둘기'의 경우에도 이와 동일한 독해가 가능하다. 「비둘기」에서 보이는, 집에 새끼 생각을 하며 날갯짓하는 어미는 화자가 처한 현실의 모습과 거리가 멀다. 화자에게 세계는 '하늘'도 '바다'도 잠잠하거나 벙글한 뿐이다.[63] 이 두 작품에서 그리는 세계는 현실의 껍질을 깨고 나갈 지향점 혹은 목표 설정으로 볼 수 있는 것이다. 그것이 '동물 가족'을 통해 표현되고 있다.

---

63) 「둘다」 참조.

6.3.2. 희망을 향한 출발

이 세계에 나는 고독한 존재로 홀로 남았다. 내가 의지할 것이 없고, 나를 도와줄 존재가 없다. 그러나 원초적 고향에 대한 동경은 현실극복의 양분과 지향점을 향해 나아갈 횃불이다. 아래의 동시들은 그것에서 벗어나려는 새로운 출발을 시도하는 작품이다.

까치가 울어서
산울림,
아모도 못들은
산울림,
까치가 들엇다
산울림,
저혼자 들엇다,
산울림,

                                 ―「산울림」

귀뜨람이와 나와
잔듸밭에서 이야기 햇다.

귀뜰귀뜰
귀뜰귀뜰

아무게도 아르켜 주지말고
우리둘만 알자고 약속햇다.

귀뜰귀뜰
귀뜰귀뜰

귀뜨람이와 나와
달밝은밤에 이야기 햇다.

-「귀뜨람이와 나와」

앞의 작품에서는 까치가 외롭게 울고 있다. 들어 줄 누구도 없고, 아무도 들어 주지도 않는 울음을 까치는 운다. 그 울음소리가 파도가 되어 돌아오는 산울림을 까치가 저 혼자 듣는다. 여기서 까치는 곧 화자이다. 혼자 남은 화자, 누구도 울음소리를 들어 주지 않는 산에 홀로 남아 울음 운다. 그 소리 메아리가 되어 나 혼자 듣는다. 고독과 외로움의 현실이 노래되는 작품이다.

그러나 이 상황은 곧 극복된다. 뒤 작품에서는 친구가 생겼다. 동지가 된 귀뚜라미와 둘이서 밀담을 나눈다. 달밝은 잔디밭에서 '아무에게도 아르켜 주지' 않는 이야기를 '귀뜰귀뜰' 나눈다. 나는 중요한 비밀 이야기를 나눌 귀뚜라미 동지가 생겼다. 홀로 들어야 했던 산울림을 이제 귀뚜라미와 같이 외치고 함께 들을 수 있게 되었다.

가자, 가자, 가자,
숲으로 가자.
달쪼각을 주으려
숲으로 가자

그믐밤 반듸불은

부서진 달쪼각

가자, 가자, 가자,
숲으로 가자,
달쪼각을 주흐려
숲으로 가자.

- 「반듸불」

이 작품에서는 '달쪼각'을 주우러 숲으로 달려간다. 화자가 '가자'고 외친 그 숲에는 '달쪼각'이 있다. 숲은 아름다운 혼이 있는 또 다른 고향이다.[64] 그 숲에는 달이 있다. 달은 희망이요 이상이다.[65] 그믐밤에는 반딧불이 곧 달이다. 이 동시에서 화자는 고독한 절망의 상황을 딛고 일어나 달, 곧 희망의 품을 찾아 함께 떠나자고 외치고 있다.

이들 작품을 정리해 보면, 현실의 아픔을 헤치고 나아갈 지향점을 정한 화자는 이제 그곳을 향해 출발을 외치고 있다. 그곳으로 가는 길은 한결 수월해졌다. 이제는 외톨이도 아니기 때문이다. 함께 놀아주고 함께 나아가며 뜻을 같이 하는 동지가 생겼다.

---

64) 윤동주의 시 「또다른故鄕」 참조. 「듸딧불」은 1941년에 창작된 「또다른故鄕」과 작품 구조도 유사하다. 이 작품에서는 '어둠을 짖는 지조 높은 개에게 쫓기'듯 '아름다운 또 다른 고향'에 '가자!'고 한다.

65) 윤동주 시에서 별이나 달은 '희망'이다.

6.3.3. 출구찾기

어둠 속에서 출구를 찾기는 쉽지 않다. 더구나 방향도 잃어버린 상태라면 더욱 암담할 수밖에 없다. 세계는 자아를 암흑 속으로 밀어 넣고 우군과의 줄을 끊어 버렸다. 어둠 속에서의 왜소한 몸부림은 미약한 존재이긴 하지만, 희망의 불빛은 희미하게나마 남아 있다. 아래의 작품들은 밤 항해를 도울 샛별과 새벽어둠을 헤치고 나갈 깃발이 되고 있다.

어머니!
누나 쓰다버린 습자지는
두었다간 뭣에 쓰나요?

그런줄 몰랏더니
습자지에다 내보선놓고
가위로 오려,
버선본 만드는걸.
× ×
어머니!
내가 쓰다버린 몽당연필은
두었다간 뭣에쓰나요

그런줄 몰랏더니
천우에다 버선본놓고
침발려 점을찍곤
내보선 만드는걸.

　　　　　　　　　　　－「버선본」

이 시에서는 누나가 버린 습자지와 내가 버린 몽당연필이 어머니의 손끝에서 버선본이 되어 내 버선으로 거듭나고 있다. 각기 헤어져서 그리움으로 애태우던 가족 — 나, 어머니, 누나 — 이 버선본을 통해 결합되고 있는 것이다. 버선은 우리 겨레의 생활이다. 그것을 통해 가족이 힘을 모은다는 것은 겨레의 힘을 모으는 것으로 확대될 수 있다. 또한 누나와 내가 '버린' 쓸모없는 것이 새로운 버선을 만드는 훌륭한 지침인 '버선본'이 되었다.

'본'을 뜬다는 것은 기존의 것을 닮은 새로운 것을 만들 때 쓰는 하나의 지침이다. 그것이 엄마의 손을 통해 이루어지는 것을 아들의 '눈'이 지켜보고 있다. '엄마'는 더 큰 어머니로 무한히 확대될 수 있는 이름이다. 버선본이 결국 새로운 시도의 돌파구 혹은 훌륭한 지침이 될 수 있음을 이 작품은 보여주고 있다. 또한 「오줌쏘개디도」에서 보이는 지도로 현재의 좌표를 설정해 주고 방향을 알리고 길을 인도하는 안내자이다.

열을것없서,
걱정이든,
후주머니는,

겨울만 되면
주먹두개 갑북 갑북.

—「호주머니」

이 작품은 쓸모없이 비어 있던 '호주머니'가 겨울이 되어 '갑북 갑북'[66] 차게 됨을 노래하고 있다. 두 주먹에서 무언가 해 보겠다는 강한 의지를 읽을 수 있다. 주먹을 주머니에 넣어 준 겨울은 '꽃'을 '그리는' 계절이다.[67] 꽃이 피는 것은 희망의 계절이다. 윤동주는 이런 희망을 동심의 세계를 통해 보여주고 있다.

이 겨울은 동네 총각들이 모여 앉아 감자를 구워 먹는 겨울[68]이 아니다. 그리고 누나가 있는 나라에 보낼 편지를 쓰며 누나를 그리고 있는 겨울[69]도 아니다. 또한 이 겨울은 어머니 계신 나라에 대한 그리움[70]이 아니다. '주먹 두 개' 속에 미래에 대한 희망이 쥐어져 있다. 거대한 세계에 번번이 패배하는 현실의 숨 막힘 속에서도 '천진난만한 동심'이 살아 있다. 이는 곧 윤동주의 동시가 희망을 지피고 있음을 보여주는 것이다.

위에서 동시의 효용과 의의를 밝히는 것과 동시 작품 세계의 특징을 살피는 두 과제를 축으로 논의를 진행하였다. 동시의 양식이 갖는 효용과 의의에 대해서도 두 가지 해답으로 정리되었다. 하나는 어린이의 눈과 어린이의 언어를

---

66) '갑북'은 '가득'의 북도 말.

67) "눈 우에서/개가/ 꽃을 그리며/뛰오." 「개」 전문.

68) 「굴뚝」 참조.

69) 「편지」 참조.

70) 「오줌쏘개디도」, 「무얼먹구사나」 참조.

통한 동심의 세계를 그리는 훌륭한 역할을 할 수 있다는 점이다. 그리고 동심의 세계를 노래하는 동시의 발랄한 생명성과 맑고 밝은 세계는 암울한 현실을 노래하는 작품에 희망과 생명을 불어넣는 청량제로서의 기능을 할 수 있다는 점이 다른 효과이다.

동시 작품 세계는 크게 둘로 나누어 볼 수 있었다. 하나는 거대한 세계의 횡포에 고통받는 현실의 문제였고, 다른 하나는 현실의 고난에도 굴하지 않고 희망의 출구를 찾는 모습이었다. 구체적으로 보면, 전자는 결여와 상실의 현실에서 당하는 그리움의 고통과 암담한 세계에 내버려진 자아의 막막한 심정, 그리고 결국 현실의 무게에 지치고 패배하는 자아의 형태로 표현되었다. 후자는 고향에 대한 원초적 동경심을 희망과 이어주는 끈과 잣대로 삼아서 그 희망을 향한 연대와 출발, 그리고 끝내는 암담한 현실에 대한 출구 찾기로 이어졌다.

7. 의연함: 하늘과 바람과 별과 시

7.1. 새로운 출발과 생명력

연희전문 재학 시절의 작품으로는 「새로운길」(1938. 05. 10.)을 시작으로 졸업 직전에 쓴 「肝」(1941. 11. 29.)에 이르기까지 총 44편이 있다.[71] 이들 중 「산울림」 등 동시가 5편, 산문시 「츠르게네프의 언덕」, 그리고 「달을 쏘다」 등 산문이 4편 포함되어 있다. 이들은 윤동주가 남긴 작품들 중에서 그 수나 작품의 질로 보아도 가장 중요한 부분을 차지하는 것이라는 데에는 이견이 없다. 이전의 연구자들도 이 시기의 작품들을 연구의 주된 대상으로 하였음은 물론이다.

---

71) 『사진판 전집』에 따른 것이다.

「새로운길」은 윤동주가 연희전문에 입학한 이후의 첫 작품이다. 새로운 것을 시작하는 활기가 느껴지는 작품이다. 이 작품의 분위기는 일본 유학이라는 '새로운 길'을 가고자 했던 시절에 쓴 「懺悔錄」과는 완전히 다르다. 시인은 몇 번에 걸쳐 새로운 출발을 하게 된다. 그중 가장 큰 설렘으로 기대에 차 있던 때가 연희전문에 입학했을 때이다. 연희전문 문과 시절의 4년은 윤동주의 생애에서 '가장 풍요로왔던 시기, 가장 자유로왔던 시기'[72]이다. 신선하고 밝은 기운을 읽을 수 있는 작품이다.

내를건너서숲으로,
고개를 넘어서 마을로,

어제도가고 오늘도갈
나의길 새로운길,

문들래가피고 까치가날고
아가씨가 지나고바람이일고,

나의길은 언제나새로운길
오늘도…… 내일도……

내를 건너서 숲으로,
고개를 넘어서 마을로,

―「새로운길」

---

72) 송우혜, 앞의 책, 177쪽 참조.

윤동주는 '종점(終點)이 시점(始點)이 된다. 다시 시점이 종점이 된다. ……나는 종점을 시점으로 바꾼다. 내가 내린 곳이 나의 종점이요, 내가 타는 곳이 나의 시점이 되는 까닭이다.'73)고 했다. 시작에 대한 시인의 생각을 엿볼 수 있는 대목이다. 종점이 곧 시점이 된다는 견해는 위의 「새로운 길」을 비롯하여 「또다른故鄕」 등에서도 나타나고 있다. 이 작품에서 '내를 건너서 숲으로/고개를 넘어서 마을로'라고 노래한 첫 연과 마지막 연은 장애물을 극복하고 숲 혹은 마을로 상징되는 희망의 나라 또는 안식처로 거침없이 간다는 의미를 담고 있다. 그 길은 둘째 연 혹은 넷째 연에서 보듯이 '어제도 오늘도' 쉼 없이 갈 길이면서 날마다 '새로운' 길이다. 더구나 그 길에는 아름다운 꽃이 피고 길조인 까치의 축복이 따른다. 뿐만 아니라 아름다운 아가씨가 싱그러운 향내를 풍기며 지나고 바람이 이는, 희망과 축복의 길이다.

이 시는 윤동주의 시편들 중 가장 밝은 분위기를 느낄 수 있는 작품이다. 그 희망이 별이나 숲과 마을로 표현되고 있다. 마침이 곧 시작이 된다는, 하나의 매듭이 그것으로 정체되지 않고 쉼 없이 새롭게 시작하는 태도를 읽을 수 있다. 그래서 언제나 새로울 수 있는데, '꽃(민들레) - 새(까치)'나 '아가씨 - 바람'의 관계는 지상에서 천상으로의 비상을 뜻한

---

73) 산문 「종시(終始)」, 『전집』 1권, 149 - 152쪽 참조.

다. 꽃이 피고 새가 날고, 싱그러운 아가씨가 지나고 바람이
인다. 작품에 동원된 동사들도 모두 '건너다·가다·피다·
날다·지나다·일다' 등 긍정적인 의미를 담고 있는, 생명
력 넘치는 기운을 느낄 수 있다. 이렇게 시에 나타난 표면
과 이면이 모두 희망과 생명력을 발하고 있는 작품이다.

－「自畵像」

  이 작품은 우물을 매개로 하여 우물 밖의 자아와 우물
속의 자아로 양분되어 그들이 서로 충돌 또는 화합하고 있

다. 미움→가엾음→미움→그리움이라는 정반합의 변증법적 발전 과정으로 요약할 수 있는 자기애의 과정을 거침으로써, 미움도 가엾음도 아닌, 미움과 가엾음의 과정을 통해 마침내 진정한 그리움의 세계에 도달하게 되는 것이다. 이 점에서 윤동주의 자기애는 자기 성찰의 변증법적 갈등을 겪은 진정한 자기애의 모습을 지니게 되는 것이다.[74]

마지막 연에서 추억이란 이미 과거가 되어 버린 시간을 의미한다. 그런데도 시인은 추억 속에 남아 있는 순수한 자기 자신을 다시 현재의 시간으로 끌어들였다. 이런 사실은 이미 시인이 현재의 추한 자신으로부터 탈각된 경지에 도달했다는 것을 의미한다. 시인은 처음에 우물을 들여다보며 자신을 미워하기도 하고 가엾어 하기도 했다. 하지만 결국에 가서는 그러한 방황과 갈등을 뛰어넘어 보다 높은 차원으로 발전했기 때문에, 아예 추억 속의 순수한 자기가 되어 버린 것이다.[75]

이 시에서 시간의 축을 문제 삼을 때 현재 상태의 현실 자아와 우물 속의 과거 자아의 관계를 설정할 수 있다. 다른 한편으로 공간의 축으로 살펴볼 수도 있다. 우물 속에서 추억으로 존재하는 아름다운 '사나이'와 우물 밖에서 그 추억 속의 사나이를 찾는 현실 속의 '나'의 관계가 그것이다.

---

74) 김재홍, 「운명애와 부활 정신」, 『전집』, 239쪽.
75) 마광수, 『시학』, 철학과현실사, 1997, 410쪽.

현재의 나는 과거의 사나이를 찾아간다. 산모퉁이를 돌아서 논가의 외진 곳에 있는 우물까지 찾아갈 정도이니까 추억이나 그리움 때문에 찾았다고 볼 수 있다. 그 우물은 속에 밝은 달이 떠 있고, 구름이 흐르고, 하늘이 펼쳐지며, 파란 바람이 부는 아름다운 곳이다. 뿐만 아니라 가을이 있는 곳이다. 가을은 풍요로움이기도 하고 한편으로는 결실의 단계이므로 '마침'의 단계이기도 하다. 윤동주의 표현을 빌자면 종(終)[76]에 해당한다. 그것은 곧 새로운 출발을 예비하는 것이다. 그 끄트머리에 '추억'[77]이 있다. 그러므로 추억은 곧 종(終)이다. 마찬가지로 종은 곧 시(始)이다.[78] 그래서 추억처럼 있는 '사나이'[79]를 '찾아가선' 다시 '돌아서게' 되는 것이다. 마찬가지로 돌아서서 떠나지만 다시 찾을 수밖에 없는 것이다. 이것이 반복되므로, 마광수 교수가 말하는 '진정한 자기애' 혹은 김재홍 교수의 표현대로 '추억 속의 순수한 자기'로 나타나게 되는 것이다. 이 작품에서 보이는 시작과 마침, 그리고 원상회복과 새로운 출발의 반복은 윤동주의 산문에서도 보인다.

---

76) 산문 「종시(終始)」 참조.
77) 이는 아름다운 경험이고, 어린 시절의 자아이며, 회귀하고픈 이상향이기도 하다.
78) 산문 「종시(終始)」 참조.
79) 이는 과거의 자아이기도 하고, 그리움의 대상이기도 하다. 그리움의 완성은 곧 미움의 시작이기도 하다.

　　그刹那 가을이 원망스럽고 달이 미워진다. 더듬어 돌을 찾어 달을
　　向하야 죽어라고 팔매질을 하엿다. 痛快! 달은 散散히 부서지고 말
　　엇다. 그러나 놀랏든 물결이 자저들때 오래잔허 달은 도로 살아난것
　　이 아니냐, 문득 하늘을 처다보니 얄미운 달은 머리우에서 빈정대는
　　것을―
　　나는 곳곳한 나뭇가를 고나 띠를 째서 줄을메워 훌륭한 활을 만들
　　엇다. 그리고 좀탄탄한 갈대로 활살을 삼아 武士의 마음을 먹고 달
　　을 쏘다. ― 끝 ― 80)

　여기서도 「自畵像」과 마찬가지다. 평소 풍요와 밝음이기에 그리움의 대상이던 '가을'과 '달'이 미움의 대상으로 변하는 '刹那', 죽어라 돌팔매질을 하여 달은 산산이 부서진다. 거기서 '통쾌함'을 맛보지만, 물결은 다시 잦아들고 달은 되살아나 빈정거리고 있다. 부서졌던 달이 원상회복된 것이다. 그러나 다시 활을 만들어 탄탄한 갈대로 만든 화살을 끼워 시위를 당긴다. '무사'로 바뀌어 달을 쏘는 것이다. 달이 산산조각이 날 것이고, 다시 회복될 것이라는 예상은 쉽게 할 수 있다. 상처받지 않는 절망과 쉼 없는 재시도의 메시지가 풍겨지는 구절이다.

　앞의 「새로운길」에서는 밝고 희망찬 기운을 느낄 수 있었고, 이 「自畵像」에서는 추억에 대한 그리움을 맛볼 수 있다. 두 작품에 등장하는 소재의 동질성에 비해 노래에서 느낄 수 있는 맛은 다르지만, 공통점이 있다. 두 작품의 기

---

80) 산문 「달을 쏘다」(『사진판 전집』, 114쪽) 참조.

조는 평온과 안정이며, 작품의 문면에 희망이 배어 있다는 것이 공통적으로 보여주는 특징이다. 이 두 작품은 윤동주가 연희전문에 입학한 비교적 초기의 것에 해당한다. 다음 시기로 이어지면서 어떤 작품이 노래되는지 이어서 살펴보기로 한다.

7.2. 현실의 무게와 희생

「病院」은 애초에 윤동주가 시집을 묶어내려 할 때의 책의 제목으로 삼으려고 했다. 그만큼 시인은 이 작품에 애착을 가졌다고 볼 수 있다. 병원이라는 표제는 사실 그의 시에 자주 나오는 부끄러움, 결백한 윤리의식 또는 방이나 밀실의 이미지와 통할뿐더러, 당시의 답답하고 암울한 상황과도 밀접한 연관성이 있다. 또 윤동주 시인의 잠재적 심층심리는 하늘·바람·별보다도 병원이라는 밀폐된 현실상황에 더 묶여 있었는지도 모른다. 그러므로 병원은 그의 시집 제목으로 적절한 것이 될 수도 있다.[81]

살구나무 그늘로 얼골을 가리고. 病院뒷뜰에 누어, 젊은 女子가 힌
옷아래로 하안다리를 드려내 놓고 日光浴을 한다.
한나절이 기울도록 가슴을 알른다는 이 女子를 찾어 오는 이, 나비

---

81) 마광수, 앞의 책, 340쪽.

한마리도 없다. 슬프지도 않은 살구나무가지에는 바람조차 없다.

나도 모를 아픔을 오래 참다 처음으로 이곳에 찾어왔다. 그러나 나의 늙은 의사는 젊은이의 病을 모른다. 나안테는 病이 없다고 한다. 이 지나친 試鍊, 이 지나친 疲勞, 나는 성내서는 않된다.

女子는 자리에서 일어나 옷깃을 여미고 花壇에서 金盞花 한포기를 따 가슴에 꼽고 病室안으로 살어진다. 나는 그女子의 健康이 — 아니 내 健康도 速히 回復되기를 바라며 그가 누엇든 자리에 누어본다.

— 「病院」

이 작품에서 1연의 여자와 2연의 나는 서로 대를 이루고 있다. '여자는 나무 그늘에 얼굴을 가리고/나는 아픔을 오래 참다가', '하얀 다리 드러내고 일광욕을 한다/이곳(병원)을 찾아왔다', '나비 한 마리 바람 한 점 없다/의사는 병이 없다고 한다', '한나절이 기울도록 가슴을 앓는다/젊은이의 병을 모른다' 등과 같이 서로 대를 이루는 구절이 이어지면서 여자와 나(나는 남자일수도 또 다른 여자일 수도 있다) 1, 2연에서는 치유할 희망이 없는 병을 앓고 있는 병원이 그려지고 있다. 의사도 모르는 병에 걸려 있는 것이다. 얼굴을 가리고 있는 살구나무 가지에는 바람조차 없다. 바람이라도 불어 잎이 흔들리기라도 해야 그 사이로 햇빛 구경을 할 것인데, 바람 한 점 없다. 늙은 의사는 환자의 병에 대한 진단을 못 하고 있다. 지나친 시련과 피로에 고통받고 있지만, 의사의 처방은 그것의 치료를 기대할 수 없다. 그래서 성내서도 안 된다고 자조하고 있는 것이다.

극히 절망적인 상태는 3연에서 반전을 시도하게 된다. 여자는 자리에서 일어난다. 그리고 화단에서 금잔화를 딴다. 여기서 꽃은 희망을 상징한다. 가슴앓이를 하는 가슴에 그것을 꽂는다는 것은 병의 치유 가능성을 암시하는 것이다. 꽃을 꽂고 병실로 돌아간다는 것은 치료를 시도한다는 것이다. 그 여자가 회복되기를 바라는 '나'의 희망 역시 꽃을 꽂고 병실로 향하는 여자와 겹쳐지는 것이다. 여자가 누웠던 자리에 누워본다는 것은 여자와의 일치를 시도하는 것으로 볼 수 있다. 3연에 오면서 상황의 개선 가능성을 암시하고 있다.

극한 상황 속에서도 휴머니스트로서의 인간애와 공존의식, 그리고 희망을 버리지 않고 있다는 점, 이것이 바로 윤동주의 시가 제시하는 보편적 주제라고 할 수 있다. 이 점은 곧 그의 시가 언제나 미래지향적이고, 형이상학적 관심의 표출을 통하여 희망적 계시가 될 수 있게끔 만들어 주는 이유이기도 하다.[82] 「病院」은 새로운 출발의 환희에 젖어 있던 「새로운길」이나, 미움을 그리움으로 승화시켜 원상회복을 가져온 「自畵像」에서 발견할 수 없었던 현실의 무게를 강하게 느낄 수 있는 작품이다. 현실의 무게는 절망

---

82) 마광수, 『윤동주 연구』, 정음사, 1984, 87쪽.

으로, 때로는 시련과 고통으로, 한편으로는 성내야 하는 상황으로 다가온다. 그러나 삶의 현실이 안겨다 주는 시련은 절망이나 한탄으로 끝나지는 않는다. 절망하되 희망은 버리지 않고, 상황 개선의 가능성을 열어 놓고 있다. 3연에서 그것을 확인할 수 있다.

쫓아오든 햇빛인데
지금 敎會堂 꼭대기
十字架에 걸리였습니다.

尖塔이 저렇게도 높은데
어떻게 올라갈수 있을가요.

鐘소리도 들려오지 않는데
휫파람이나 불며 서성거리다가,

괴로왓든 사나이,
幸福한 예수·그리스도에게처럼
十字架가 許諾된다면

목아지를 드리우고
꽃처럼 피여나는 피를
어두어가는 하늘밑에
조용이 흘리겠습니다.

　　　　　　　　　　　　　　　　－「十字架」

　이 시는 윤동주의 윤리적 순절정신을 나타내는 대표적 작품으로 평가되어 왔다. 기독교에서는 십자가가 순교의 표지이기도 하므로, 신앙의 측면에서도 중요하게 논의되었다. 첫 연에서 햇빛이 교회당 꼭대기에 걸렸다는 것은, 희망이라 할 수 있는 햇빛이 높이(꼭대기)에 걸려 있으므로, 희망이 멀기 만한 상황임을 읽을 수 있다. 2연으로 오면, 첨탑이 저렇게 높으니 어떻게 올라갈 수 있을까 염려하는 모습이 그려진다. 앞 연의 연장에 있는 표현이다. 3연에 오면 종소리도 울리지 않는 상황이다. 종소리는 역시 메시아의 복음이 될 것이다. 그 종소리도 들리지 않으니, 희망의 메시지가 결여되어 있음을 강조하고 있다. 그래서 휘파람을 불며 서성인다. 휘파람은 종소리를 기다리는 표현일 수도 있고, 종소리의 대용일 수도 있다.

4연에서 시상 전개의 반전이 이루어진다. 첫 행의 '괴로왓든 사나이'는 뒤의 쉼표의 기능에 의해 예수 그리스도를 지칭하는 말일 수도 있고, 화자를 가리키는 말이 될 수도 있다. 과거 시제에서 다음 행으로 이행하면서 현재 혹은 미래 시제로 옮아간다. '괴로웠지만, 행복한' 사나이가 그리스도라고 하면 '괴롭지만 행복한'의 해답은 다음 행에 제시된다. 현실의 고통이 괴로웠지만, 십자가가 허락되었기에 행복할 수 있었다는 독해가 가능하다. 따라서 '괴로왓든 사나이'를 화자로 읽으면, 지금까지는 희망이 너무 멀리 있어 괴로웠지만, 즉 과거에는 괴로운 존재였지만, 십자가에 걸리는 기회가 주어진다면, 즉 '행복한 그리스도처럼' 될 수 있다면, 화자도 행복해질 수 있을 것이라는 말이 된다. 1연에서 햇빛, 즉 희망이 십자가에 걸려 있다. 따라서 내가 십자가에 매달린다는 것은 곧 내가 희망과 함께할 수 있거나 내가 곧 희망 자체가 된다. 말하자면, 십자가에 매달리는 행위는 화자의 희망을 성취하는 것이면서 동시에 순교자로 거듭나게 되므로, 화자 자신이 곧 복음 자체가 된다는 것이다.

마지막 연에서는 역시 꽃이 등장한다. 꽃은 첫 연의 햇빛과 같이 희망이다. 그런데 '꽃처럼 피여나는 피'라는 구절에서 보면, 피가 꽃처럼 피어난다는 것이므로, 모가지에서 솟는 피의 형상을 표현한 것일 수도 있고, 희망이 피어나는 것을 나타냈을 수도 있다. 전자로 보면 직접적인 의미를 담고 있어 맛이 떨어지지만, 어느 쪽이든 해석이 가능하다. '어두어가는 하늘밑'에서 어둠은 절망과 고통의 실상을 나타내는 말이다. 고통의 세계에 빛이 되겠다는 의지의 표현이다. 곧 '꽃처럼 피여나는 피'를 흘림으로써 어두워져 가는 하늘 세계를 밝히겠다는 희망이 나타난 구절이다. 미래에 대한 희망이 산절하게, 그리고 의언히게 표현된 연이다. 마지막 연은 4연에서 직접적으로 연결되고 있다. 따라서 이 작품은 1, 2, 3연과 4, 5연으로 크게 나누어 볼 수 있다. 결연한 의지를 담담하게 표현하고 있는 수작이다.[83]

---

83) 마광수 교수는 이에 대해서 다음과 같이 해석하기도 했다. "모가지를 드리우고 피를 곱게 흘린다는 표현에는 일종의 괴로움의 해소, 즉 카타르시스를 느끼기를

7.3. 냉철한 의지와 희망

비교적 후기에 쓰인 「또다른故鄕」이나 시집의 「서시」로 쓰인 작품에서는 이전에 살폈던 시에서 발견할 수 없었던 새로운 점이 나타나게 된다. 지금까지 논자들로부터 가장 많이 논의된 작품이기도 한데, 그만큼 이 시편들이 품고 있는 의미의 깊이와 폭이 쉽게 드러나지 않는 것이기도 하고, 해석의 가능성이 그만큼 풍부하게 열려 있는 것이기도 하다.

故鄕에 돌아온날밤에
내 白骨이 따라와 한방에 누엇다.

어둔 房은 宇宙로 通하고
하늘에선가 소리처럼 바람이 불어온다.

어둠속에 곱게 風化作用하는
白骨을 드려다 보며
눈물 짓는 것이 내가 우는것이냐
白骨이 우는것이냐
아름다운 魂이 우는것이냐
志操 높은 개는

희망하는 시인의 잠재적인 소망이나 역설적 의도가 내재해 있다고도 볼 수 있다. 죽음은 절망·종국의 의미와 연결되지만 때로는 영원한 안식의 뜻도 되기 때문이다.”(『시학』, 248 - 249쪽) 한편, 이기철 교수는 산문 「花園에 꽃이 핀다」의 구절을 들어, “윤동주의 시가 늘 고행이나 괴로움에서 나온 것”이라 하기도 했다.(「삶의 시간과 기도의 공간」, 『전집』 2권, 425쪽 참조) 그의 말을 해석하자면, 시 「十字架」는 쉼 없는 생각과 고뇌의 산물이라는 것이다. 이는 곧 글쓰기이자 시 쓰기이며, 시 쓰기는 곧 시인의 삶이고, 그것은 곧 순교자, 즉 십자가라는 말로 확대해 볼 수 있다.

밤을 새워 어둠을 짖는다.

어둠을 짖는 개는
나를 쫓는 것일게다.

가자 가자
쫓기우는 사람처럼 가자
白骨몰래
아름다운 또다른 故鄕에가자.

-「또다른故鄕」

이 작품은 윤동주의 작품 중에서도 작품성이 뛰어나다고 평가되는 것이지만, 해석 또한 다양하게 이루어지고 있다. 그것은 '백골'과 '아름다운 혼', 그리고 '나'의 정체 해명과 '또 다른 고향'의 의미 등에 관한 것이다.[84) 백골은 본질적 자아가 죽으면서 남긴 육신이며, 아름다운 혼이란 그곳에서 분리된 영혼이다. 그러므로 백골의 풍화작용을 보고 눈물 흘리는 것이 아름다운 혼임이 밝혀진다. 이렇게 볼 때, 백골 몰래 서둘러 가는 아름다운 또 다른 고향이란 시대적

---

84) 이에 대해서 기존의 논자들의 주장을 정리하면 다음과 같은 것이다. "백골과 혼의 사색을 통한 내면화 과정(김윤식), 아름다운 혼은 백골이 누운 육신의 고향에 안주할 수 없는 영혼(김흥규), 백골은 회의와 갈등(마광수), 백골과 아름다운 혼은 나의 양면을 의미함(김용직), 아름다운 혼은 자아와 백골이 분열되지 않은 세계(최동호), 나＝현재의 자기/백골＝가족들의 기대대로 살아야 할 자기/아름다운 혼＝이상을 따라 살아야 할 자기(송우혜), 백골은 육체적·현실적 자아, 아름다운 혼은 정신적·이상적 자아를 표상하는 것이며, 따라서 이 시는 타향에서 시달린 화자가 고향으로 돌아왔지만 고향에서도 죽어가는 자아를 느끼고, 또 다른 고향을 갈망한다(김윤식)."

양심의 실천을 통해 획득하는 세계이다.[85] 즉 또 다른 고향의 귀환이란 현실적 조건을 넘어서는 절대적 내면에로의 복귀를 의미한다.[86]

고향에 돌아온 날 밤에 또 다른 고향을 찾아가는 것이 이 작품의 처음과 끝 부분이다. '내'가 고향에 돌아온 밤에 나를 따라온 '백골'이 한 방에 눕는다. 마지막 연으로 가면, 백골 몰래 아름다운 곳, 즉 또 다른 고향으로 떠난다. 결국 백골은 '나'의 적대적 존재이다.[87] 2연에서 내가 누운 방이 어둡다는 것은 현재의 상태가 밝지 못하다는 것을 은유적으로 표현한 것이다. 그러나 어두운 상황은 방에 갇혀 있지 않고, 우주로 통한다. 하늘, 곧 우주에서는 바람이 불어온다. 그 바람은 소리 같은 존재, 말하자면 희망 혹은 구원의 소리가 된다. 어두운 현실에 대한 희망의 메시지가 들려온다는 의미로 해석할 수 있다.

3연으로 오면, 어둠 속에서 풍화작용을 하는 백골이 등장한다. 4연으로 이어지면서 백골의 풍화작용, 즉 소멸하는 것을 보며 눈물짓는 존재가 나타난다. 눈물짓는 주체가 나인지 아니면 백골인지 아니면 아름다운 혼인지 명확하지

---

85) 이남호, 「윤동주 시의 의도연구」, 고려대학교 박사학위논문, 1986, 76-77쪽.

86) 김남조, 「윤동주 연구」, 『전집』 2권, 34쪽.

87) 그동안 '백골'의 의미는 '무의식적 회의와 갈등, 윤동주의 미래 지향적 행동 철학과 실천 의지를 방해하는 도피주의적 자아, 시인의 마음속에 고개를 들기 시작할 연실적 안주의 유혹, 우유부단한 성격에서 오는 끝없는 회의나 체념 상태, 시인이 힘들여 극복해야 할 존재' 등으로 해석되었다.

않다. 사람이 죽으면 혼과 백으로 분리된다고 한다. 나로부터 분리된 혼과 백은 곧 '나' 이외의 것이 아니다. 더구나 풍화작용하는 백골을 '들여다보며' 눈물짓는 것이 백골이나 혼백이 될 수는 없다. 백골이나 혼은 '나'가 살아 있는 상태에서 유효한 것이 아니라 나의 사후에 해당하는 것이다. 따라서 죽은 나의 '백골'은 풍화작용하는 것이 당연하므로, 혼이 그것을 보며 눈물 흘릴 리는 없는 것이다. 이 부분에서 해석의 혼란이 지속된 것은 '나'와 '백골'과 '혼'을 동일한 축에 놓고 해석을 시도했기 때문이다. '나'는 이승에서의 존재이고, 그 '나'의 저승에서의 존재가 '백골'과 '혼'인 것이다. 1, 2연에서 확인할 수 있는 것처럼, '어둔' 방이나 고향에 '돌아온' '밤' 등의 구절에서, 현재 상태를 읽어 낼 수 있다. 현재는 어둠이요 밤이다. 이것은 죽음이요 부자유요 부조리이기도 하다. 이렇게 보면 1, 2, 3연에 제시되는 상태는 어둠이요 밤이다. 이는 부자유요 억압이요 나아가 죽음의 세계이기도 하다.

4연에서 반선이 이루어진다. 지조 높은 개가 등장하는 것이다. 개는 밤을 새워 어둠을 짖는다.[88] 어둠을 짖는다는 것은 어둠을 거부 혹은 질책한다는 말이다. 다음 연에서 '어둠을 짖는 개'는 곧 앞 연의 '지조 높은 개'이고, 어둠을

---

88) 김윤식 교수에 의하면, 개 짖는 소리는 '어둠이라는 조건 상황을 제거하고 결단을 촉구하는 거부의 목소리'이다(『한국 근대 작가 논고』, 267쪽).

짖는다는 것은 어둠을 거부하는, 곧 백골의 세계에서 '우주의 바람'을 들을 수 있는 세계로 나아가게 자극하는 것을 의미한다. 그래서 어둠 속에 누운 나를 '쫓는' 것이 된다. 갈 길을 독려하는 개의 역할이 5연에서 노래되고 있는 것이다. 지조 높은 개는 2연의 '어둔 房은 宇宙로 通하고/하늘에선가 소리처럼 바람이 불어온다.'와 동일한 역할을 한다. 그래서 6연으로 넘어오면, '아름다운 또 다른 고향'으로 가자고 한다. 그것은 '쫓기우는' 사람처럼 간다. 나를 쫓는 개에게 쫓겨가는 상황이니 만큼 여유가 없다. 첫 행의 '가자 가자'에서 그 분위기를 잘 읽어낼 수 있다. 아름다운 또 다른 고향에 가는 길은 '개에게 쫓기는' 것일 뿐만 아니라 '백골'을 따돌리고 가야 한다. 그 길은 백골 몰래 가야만 할 길이기 때문이다. 다시 정리하자면, 백골은 죽음과 소멸이자 어둠이요 나는 우주의 소리를 들으러, 아름다운 곳으로 새 출발을 하기 때문이다.

「또다른故鄕」에서 노래하는 것은 윤동주의 산문에서도 발견할 수 있다. "이제나는 곧 終始를 박궈야한다. 하나/내 車에도 新京行, 北京行, 南京行을 달고/싶다. 世界一週行이라고 달고싶다. 아니/그보다 眞正한 내故鄕이 있다면 故鄕行/을 달겟다 다음 到着하여야할 時代의 停車場/이 있다면 더좋다."[89] 안주할 수 있는 고향을 그리는 애타는 마음

---

89) 산문 「종시(終始)」(『사진판 전집』, 137쪽)

이 절실하게 표현되어 있다. 도착하여야 할 '정거장'을 꿈꾸는 것도 안주와 정착에 대한 강한 희망의 표시이다. 「또 다른故鄕」에서 보듯이 현실은, 고향에 돌아온 날 밤에 백골이 따라와서 눕고, 결국 개 짖는 소리에 쫓기듯이 새로운 고향을 찾아 떠나야 되는 것이다. 이 작품은 쫓겨 가는 절박함으로 읽을 수도 있고, 새로운 고향을 향한 혹은 새로운 고향을 회복하기 위한 의지가 어느 때보다 확고하다고 볼 수도 있다.

죽는 날까지 하늘을 우르러
한점 부끄럼이 없기를,
잎새에 이는 바람에도
나는 괴로워했다.
별을 노래하는 마음으로
모든 죽어가는것을 사랑해야지
그리고 나안테 주어진 길을
거러가야겠다.

오늘밤에도 별이 바람에 스치운다.

— 「서시(序詩)」

「서시」는 윤동주가 자선시집의 서(序)로 쓴 시이다. 그러므로 이 시는 시집에 실린 시들을 포괄하는 의미로 읽힐 수 있다. 뿐만 아니라 당시 시인의 시 세계를 집약적으로 표현한 작품이기도 하다. '그리고 나안테 주어진 길을/거러

가야겠다'는 구절은 운명애에 대한 확고하면서도 신념에 찬 결의를 다지고 있는 것으로 해석한다.

이러한 운명애의 결의와 다짐은 험난한 현실에서 도피하지 않고, 운명과 마주서서 절망을 극복하려는 자기 구원과 사랑의 최선의 방법일 수 있다. 작품에 나타난 자기 구원의 방법은 운명에 대한 긍정과 따뜻한 사랑이었던 것이다. 그러나 이 운명애의 길은 관념적으로 도출된 것이 아니라, 냉엄한 자아 성찰과 통렬한 참회의 과정을 겪으면서 변증법적 자기 극복과 초월의 노력 속에서 마침내 획득된 것이라는 점에서 참된 생명력을 지니는 것이다. 그것은 단순한 운명 감수의 태도가 아니라 그 극복과 운명 사랑을 통한 초월에 목표를 둔 것이기 때문이다.[90]

이 시는 '땅(잎새) vs. 하늘(별)'의 대립되는 두 개의 공간으로 이루어져 있다. 그러나 바람은 이 두 대립 공간을 넘나든다. 별이 바람에 의하여 말하자면 어둠에 싸여 비로소 빛나듯이, 나는 바람에 싸여 비로소 생명과 사랑의 빛을 낸다. 잎사귀에 이는 바람에 괴로워하는 부정의 밤이 있기에, 모든 죽어 가는 것을 사랑하는 긍정의 마음이 생성된다. 어느덧 별과 밤의 관계는 나와 바람의 관계와 같은 패러다임을 형성한다. 한편, '별: 어둠 vs. 나: 바람'의 대립을 이루기도 한다. 별에 의해서 어둠의 부정이 도리어 긍정으로 변

---

90) 김재홍, 앞의 글 240쪽 참조.

환되듯이, 별을 노래하는 나(시인)에 의해서 괴로움을 주는 바람은 사랑을 불러일으키는 바람으로 변화한다. 이 작품의 우주 공간은 죽음 속에서 얻어지는 생이고, 유한 속에서 휩싸이는 무한이라는 역설과 양의성을 지닌다.[91]

　삶의 순결한 태도를 진하게 느낄 수 있는 부분이 앞의 네 행이다. 천상과 지상을 아울러 어디에도 부끄럽지 않은 순결함이 강조되고 있는 것이다. 다음의 두 행에서 보면, 별을 노래하는 마음은 곧 희망과 평온을 노래하는 마음으로 그려지고 있다. 그 희망의 기저에는 사랑이 자리한다. 그 뒤의 두 행에서 사랑을 바탕으로 하며, 가슴에 희망을 간직한 채 주어진 길을 걷겠다는 의지가 나타난다. '오늘밤에도 별이 바람에 스치운다.'는 마지막 연은 별과 바람의 대립이 그려진다. 별은 빛이고 희망이며 현실의 어둠을 헤쳐 나갈 용기이기도 한데, 그것이 바람에 스친다고 할 때 바람은 시련이고 다른 한편 어둠이다. 결국, 사랑을 바탕으로 한 결연한 의지로 걷는 길에도 역시 시련이 함께한다는 현실의식이 나타나 있다. 이 시에서 화사의 삶의 뿌리에는 순결이 있고, 시의 근원에는 사랑이 있다. 그리고 현실에 대한 냉철한 인식을 바탕으로 운명 개척과 자기 극복의 의지가 표현되어 있다.

　이렇게 볼 때 「또다른故鄕」과 「서시」 두 작품은 앞장의

---

91) 이어령, 「어둠에서 생겨나는 빛의 공간」, 『전집』 2권, 463－464쪽 참조.

작품들에 비해 현실에 대한 인식의 정도가 깊어졌다는 점을 지적할 수 있겠다. 「또 다른 고향」에서 볼 때, 현실의 어둠과 시련 앞에서도 희망은 상존하고 있다. 고향에 돌아온 날 밤에 백골이 따라와서 눕고, 개 짖는 소리에 쫓기지만, 새로운 고향을 회복하기 위한 의지는 강하게 읽을 수 있다. 「서시」도 화자의 순결정신의 바탕 위에 사랑, 그리고 현실에 대한 냉철한 인식과 시련의 극복의지가 잘 그려진 작품이다.

윤동주의 시를 식민지시대 저항시의 몇 안 되는 희귀한 예라고 격찬하고 있는데, 참담한 일제 식민지 현실에서 저항시로 꿋꿋이 자리하고 있었다[92]는 견해가 주류를 이룬다. 그러나 작가의 영향으로부터 비교적 자유롭게 작품을 보려는 시도는 지금까지 윤동주 시 연구 성과의 축적에 있어 주류가 취한 태도에서 비켜선다는 의미가 있다. 다르게 표현하면 의도론적 오류에서 보다 자유로울 수 있고, 독자의 독서 과정에서의 지평의 전환의 중요성을 보다 옹호하는 입장이 될 수도 있다.

이것은 시를 전기적 층위 혹은 상황적 층위에 귀속시키지 않는 것이다. 말하자면 시가 외부적 상황과 단절되어도 자율적 구조를 가진, 즉 내재적 구조를 가진 것이란 데에 그 전제가 있다. 이는 시의 의미 규명에 보다 적극적인 독

---

92) 김동수, 「일제 침략기 항일 민족시가 연구」, 원광대학교 박사학위논문, 1987.

자의 입장을 취하는 것이다. 이런 태도는 작품을 작가 의식의 산물로 보는, 말하자면 '그 나무에 그 열매'라는 극단적인 작가 중심의 입장에서 벗어나 독자에게로 한 걸음 다가선 것이다.

연희전문기의 시는 이런 시도에 날개를 달 수 있는 작품들이다. 이 시기는 윤동주의 시에서 작품의 수나 창작 기간 등으로 볼 때 가장 중요한 시기이다. 이 시기 작품 세계의 두드러진 특징은 암울한 현실의 저편에 사그라지지 않는 희망이 상존하고 있었다는 점이다. 민족과 국가라는 절대 개념이 부정되는 식민지 현실은 왜곡된 역사며 불모의 땅이다. 그의 시는 바로 이 같은 현실에 대한 시적인 도전이며 예술적 비판이라고 할 수 있다.[93] 이 시기 작품에서 현실 인식의 정도가 후기로 갈수록 더해졌다는 점, 그리고 작품의 구조와 의미의 폭과 깊이가 확대되었다는 점을 확인할 수 있다.

---

93) 권영민, 「광복 50주년의 한국 문학과 시인 윤동주」, 『전집』 1권, 서문.

8. 숭고함: 도일, 새벽을 여는 길

8.1. 일본에서의 시 창작 배경

알려진 바와 같이 윤동주는 1917년에 태어나 명동소학교를 거쳐 은진중학교와 평양의 숭실중학교에서 수학하고, 연희전문학교를 졸업한 후 1942년 3월 일본으로 건너가 도쿄 릿교 대학을 거쳐 10월에 교토 도시샤 대학 영문과에 편입하였다. 1943년 7월 14일, 27세에 독립운동이라는 죄명으로 구금되어 해방을 맞는 해 2월 16일에 옥사했다.

윤동주가 일본으로 건너간 후의 작품으로 현재까지 알려진 것으로는 「흰그림자」, 「흐르는거리」, 「사랑스런追憶」, 「쉽게 씌워진詩」, 「봄」 등 5편이다. 윤동주가 일본에서 3년을 보냈지만, 이들 작품은 모두 윤동주가 일본으로 건너간 첫해의 여름까지인 동경 시절이 것이다. 1942년 여름방학 이후 1년가량을 보낸 교토에서 윤동주가 시를 지었다는 사실은 분명하지만,[94] 교토 도시샤 대학 시절의 작품이 소개된 것은 없다.[95] 이 글에서는 윤동주의 작품이 추가로 발견될 가능성을 열어두고, 현재까지 밝혀진 5편을 논의의 대상으로 삼기로 한다.

우선 다섯 작품 중 초기 작품에 해당하는 「힌그림자」와 「흐르는거리」, 「사랑스런追憶」에서 읽을 수 있는 의미를 고찰하여 개별 시들의 특징과 함께 이들이 공통적으로 보이는 특성을 밝혀 보고자 한다. 그리고 후기 작품인 「쉽게 씨워진詩」와 「봄」이 노래하고 있는 것의 의미와 특징을 살피기로 한다. 논의의 순서는 작품 창작순으로 한다. 이 글

---

94) 윤영춘이 윤동주를 면회했을 때의 "취조실로 들어가 본즉 형사는 자기 책상 앞에 동주를 앉히고 동주가 쓴 조선말 시와 산문을 일어로 번역시키는 것이다. 이보다 훨씬 몇 달 전에 내게 보여준 시 가운데서 가장 좋은 것이라고 생각된 것은 거의 번역한 모양이다. (……) 동주가 번역하고 있는 원고 뭉치는 상당히 부피가 큰 편이었다."는 증언(송우혜, 앞의 책, 315쪽 참조)과 윤영춘의 회고담 중 "그해(1942년) 겨울 섣달 그믐날(이날은 윤동주의 생일이다: 필자 주) 귀가 도중에 교토에 들렀다. (……) 그날 밤 집에 돌아와 밤이 깊도록 시에 대한 이야기로 일관했다. 독서에 너무 열중해서 얼굴이 파리해진 것을 나는 퍽이나 염려했다. 6조 다다미 방에서 추운 줄 모르고 새벽 두 시까지 읽고 쓰고 구상하고 ……이것이 거의 그날그날의 과제인 모양이다. (……) 시 한 편이 되어 나오기에 전 심령을 집중시켜 부심하고 있다는 것을 그 당장에서 나는 알았다."는 글 (송우혜, 앞의 책, 285쪽 참조)에서 이를 확인할 수 있다.

95) 이 시들도 윤동주의 연전 시절 친우였던 강처중이 서울에서 받은 편지 속에 들어 있던 것이다. 당시 윤동주는 다른 친지들에게도 편지에 한글로 된 시를 적어 보내곤 했지만, 강처중만이 보관하고 있었다(송우혜, 앞의 책, 264쪽 참조).

이 일본에서의 시에 대한 논의를 목표로 하고 있지만, 동경에서의 작품에 한정되므로 재론의 여지는 남는다.[96]

8.2. 방황과 혼돈의 현실

시인의 작품들을 초기시와 동시, 연희전문기의 시, 그리고 일본 유학기의 시로 나누어 볼 때, 『하늘과 바람과 별과 시』는 연희전문학교 졸업을 기념하는 시집으로 묶으려 했다는 의도에서도 알 수 있듯이, 연희전문기의 결산이라 할 수 있다. 연희전문기의 작품은 「새로운길」에서 「서시」까지의 여정인 것이다. 「懺悔錄」은 고국에서 쓰인 마지막 작품으로, 연희전문 졸업 후의 새로운 세계로의 출발을 위한 시발의 성격을 함께 지니고 있다.

자료에 의하면 「懺悔錄」은 1942년 1월 24일에 창작되었다. 이는 자필로 남아 있는 원고의 끝부분에 세로로 '一月二十四日.'이라고 쓰인 데서 창작일을 확인할 수 있다.[97] 이 시기는 연희전문학교를 졸업한 직후로[98] 시인이 졸업

---

96) 교토에서의 작품이 추후 발견된다면, 본고의 연구 목표 달성을 위해, 이 글의 틀을 유지하면서 논의되는 작품을 확장하게 될지, 아니면 이 글의 한 부분이 되는 큰 틀을 다시 짜게 될지는 의문이지만, 그 문제는 작품 발견 이후의 일이다.

97) 『사진판 전집』, 176쪽 참조.

98) 평전의 연보에 "1941년 12월 27일, 전시 학제 단축으로 3개월 앞당겨 연전 4년을 졸업하다."고 기록되어 있다.

후의 진로를 두고 고민하고 있을 무렵이다. 졸업 후의 윤동주 시인은 고종인 송몽규와 함께 일본에 유학하여 학업을 계속하기로 진로 결정을 하게 된다. 대학과정을 밟기로 정해 놓고 있었다. 연희전문 문과 입학 때와는 달리 집에서의 반대도 없었다.

그런데 1942년이란 시점에서 일본으로 유학하자면 먼저 필수적으로 해결되어야 할 문제가 있었다. 바로 '창씨개명'이었다. 창씨개명이 되지 않으면 입학은 둘째치고, 우선 일본으로 건너가는 데 필요한 기본 서류인 '도항증명서' 자체를 뗄 수 없었다. 그것은 현해탄을 건너는 배를 타려면 꼭 필요한 서류였다. 이광수가 자신이 겪은 도항증명서에 관련된 경험을 적은 글에는 식민지시대 조선인들이 일본행에 필요한 '도항증명서'를 떼며 느끼던 울분과 굴욕감이 뜨거운 국솥의 김처럼 잔뜩 서려 있다.[99]

윤동주 시인이 尹東柱라는 이름을 平沼東柱로 바꾸는 창씨개명계를 1942년 1월 29일에 제출하였다. 그럼으로써 '윤동주'는 '히라누마 도오쥬우'가 된 것이다. 시인이 유학을 결심하게 된 동기는 '조선 독립을 위해서 자신이 민족문화를 연구하려면 다만 전문학교 정도의 문학연구로서는 부족하다고 보았기 때문'이라는 거였다.[100] 시인이 「懺悔錄」

---

99) 송우혜, 앞의 책, 251 - 254쪽 참조.
100) 송우혜, 앞의 책, 256쪽. 그리고 윤일주 교수가 번역한 '日本京都裁判所에서

을 쓴 것은 1942년 1월 24일이다. 창씨개명계를 계출하기 5일 전이다. '창씨개명'이란 것은 감당할 수 없는 굴욕 그 자체였지만, 더 큰 사명을 위해서 감내해야만 하는 굴욕이었던 것이다. 그러했기에 그 고뇌는 시 창작 이후에도 시인 곁을 떠나지 않아, 원고지 여백에 남은 낙서로 이어졌던 것이다.[101]

창씨개명은 그간의 인생을 송두리째 부정하는 것이었고, 시인의 삶의 여정에서 가장 큰 시련으로 다가온 것임에 틀림없다. 그 굴욕을 감내한 것은 그 희생을 치러서라도 이루어야 할 꿈이 있었기 때문임을 짐작할 수 있다. 그렇기 때문에 그 시련을 견딜 수 있는 에너지 또한 그 굴욕에 뿌리가 닿아 있다고 할 수 있다. 굴욕의 욕됨이 크고 그 뿌리가 깊을수록 새로운 희망에 대한 갈망이 그만큼 더 간절하고 절실했기 때문임을 보여주고 있는 것이다.

尹東柱에 내려진 判決文'에 있는 내용도 이를 뒷받침한다. "……朝鮮民族을 해방하고 그 繁榮을 招來하기 위하여서는 朝鮮으로 하여금 제국 통치권의 지배로부터 이탈시켜 독립국가를 건설할 수밖에 없으며, 이를 위해서는 조선民族의 現時에 있어서의 實力 또는 過去에 있어서의 獨立運動 실패의 자취를 反省하고 當面 朝鮮人의 實力, 民族性을 向上하여 獨立運動의 素地를 培養하도록 一般大衆의 文化昂揚 및 民族意識의 誘發에 힘쓰지 않으면 안 된다고 決意하기에 이르렀으며, 특히 大東亞戰爭의 勃發에 직면하자 科學力에 劣勢한 日本의 敗戰을 夢想하고 그 기회를 타고 朝鮮獨立의 野望을 實現할 수 있으리라고 妄信하여 더욱더 그 決意를 굳히고 그 目的 達成을 위하여 東志社大學에 轉校後, ……"

101) 시인의 작품들 중에서 초고가 일부 수정된 것은 있지만, 원문 주변에 촘촘하게 낙서가 되어 있는 것은 「참회록」뿐이다.

파란 녹이 낀 구리 거울속에
내얼골이 남어있는것은
어느 王朝의遺物이기에
이다지도 욕될가

나는 나의懺悔의글을 한줄에 주리자,
ㅡ萬二十四年二個月을
무슨김븜을바라살아왔든가

내일이나 모레나 그어느 즐거운날에
나는 또 한줄의 懺悔錄을 써야한다.
ㅡ그때 그 젊은나이에
웨그런 부끄런 告白을 했든가.

밤이면 밤마다 나의거울을
손바닥으로 발바닥으로닦어보자

그러면 어느 隕石밑우로 홀로거러가는
슬픈사람의 뒷모양이
거울속에 나타나온다.

                                          ㅡ「懺悔錄」

　『사진판 전집』에 의하면 시인의 「懺悔錄」 원고에는 세
군데의 수정 흔적이 있고, 두 그룹의 낙서가 있다.[102] 먼저
퇴고의 과정에서 수정된 것으로는, 1연 1행 '거울 속에서'의
'속'은 삽입되었고, 4연 1행 '밤마다'는 '밤이면'에서 수정되
었으며, 5연 1행 '어느'는 '어는'에서 수정되었다. 퇴고 과정

---

102) 『사진판 전집』, 176, 343쪽 참조.

은 단어를 다듬는 수준이기 때문에 크게 문제될 부분은 없다. 주목할 만한 것은 본문 아래 부분의 낙서이다. 두 그룹의 낙서가 있는데, 1차 낙서는 시 본문 바로 아래에 쓰인 후 본문과 구별하는 가로 선과 그 아래 빗살 모양의 많은 선들로 지워진 것으로, 그 내용은 "joy, happy, sentimentalism, poetry, poege, poem"이다. 그리고 2차 낙서는, 1차 낙서의 아랫부분에 한자와 한글로 쓰인 것으로 테두리 선이 있거나 오른쪽에 선(가로쓰기의 밑줄 기능)이 그어진 것이 있다. '落書'라는 단어가 맨 오른쪽에 있고, 시 원문이 오른쪽에서 시작되는 세로쓰기로 되어 있는 것으로 보아 쓰인 순서는 오른쪽부터로 판단된다.

원고 아랫부분의 낙서는 창작 당시의 심리적 상황을 읽을 수 있는 것으로서, 시인이 남긴 원고 중 퇴고 자국이 아닌 낙서가 있는 작품은 「참회록」이 유일한 것으로 보면, 윤동주 시인이 이 시의 본문을 완성하고도 넋두리를 하듯 원고를 놓지 못했다는 것을 알 수 있다. 그것이 말로 표현할 수 없는 고뇌의 조각들이었다는 것을 짐작하는 것이 어렵지 않다. 낙서의 내용은 '도항증명, 상급, 힘, 생존', '시인의 생활, 시란? 문학', '고경', '비애금물' 등이다. '조국의 힘을 길러 생존(독립)을 위해 상급학교에 진학하기 위해서 도항증명이 필요하다.', '시인의 삶을 살아왔고, 문학을 하고 싶다. 이 시점에서 시란 무엇인가?', '오래된 거울, 왕조의 유물', '굴욕의 경험이지만, 슬픔에 잠겨서는 더 큰 일을 못 한다.' 등으로 정리할 수 있겠다. 작품의 주제와 겹쳐지는 부분이라 하겠다. 따라서 낙서는, 작품으로도 떨칠 수 없는 시인의 고뇌의 응어리라고 할 수 있다.

작품으로 돌아가 보면, 낙서에도 밑줄 친 '古鏡'이 두 번이나 보이는데, 구리거울이 등장한다. 거울은 눈으로 볼 수 없는 모습을 보여주는 창이요, 나아가 알 수 없는 세계로의 길을 터주는 통로이기도 하다. 내 얼굴을 비춰주는 거울은 시인으로서의 '나'의 모습을 보여주는 것이면서, 조국의 모습을 볼 수 있게 열려 있는 창의 역할을 하기도 한다. 녹이 낀 거울 속에 비친 '내얼골'이 '욕됨'으로 나타나 있다. 왕조의 유물은 곧 일제에 멸망한 대한제국, 곧 일제의 지배를 받는 현재의 조국이 된다. 욕됨의 대상은 멸망한 조국이고, 그 조국이라는 거울 속에 있는 '내얼골' 역시 욕됨에서 예외일 수 없다.

2연에서는 지금의 그 욕됨을 차마 되뇔 수 없어 한 줄에 줄이려고 한다. '萬二十四年二個月을/무슨김븜을바라살아왔든가'라는, 자신의 인생을 송두리째 부정하는 말로 치욕을 대신하고 있다. 윤동주 시인이 1972년 12월생이므로 1942년 1월은 만 24년 1개월인 것이다. 지금까지 살아온 인생 전체에 대해서 참회하는 아픔을 이 부분에서 읽을 수 있다. 이 아픔과 참회는 개인을 넘어 조국에 대한 참회로까지 그 울림이 번지고 있다. 피할 수 없는 현실의 뼈아픈 욕됨이 '무슨깁븜을바라살아왔든가'라는 표현에 고스란히 녹아 있다.

3연에서는 오늘의 참회록으로 끝나지 않는다. '즐거운 날'이 오면, 그때 또 한 줄의 참회록을 써야 한다는 것이다. 즐거운 날은 조국의 광복과 같은 일이 될 것이다. 그날에 다시 참회록을 써야 한다는 것은 오늘의 이 행위에 대한 또 한 번의 반성이 됨을 의미한다. 오늘 참회록을 쓰게 한 행위가 지금까지 생의 전부를 헛되이 만들 만큼 욕되지만, 이것이 참회록을 쓰는 것으로 끝나지 않는다. 갈망하는 그 즐거운 날이 되면, 곧 목적이 달성되는 날, 오늘의 이 행위는 다시금 참회의 대상이 된다는 이 말은 이 치욕이 평생 지울 수 없는 상처로 각인되어 있을 것임을 예견하는 것이다. 끝나지 않을 '부끄런 고백'을 지금 하고 있는 것이다. 오늘 뿌려진 부끄럼의 씨앗은 사라지지 않는 치욕의 나무로 피어나, 멈추지 않는 되뇜으로 그림자처럼 따라다닐 것이라는 것을 예견하는 대목이다.

제4연에서는 치욕을 씻으려는 노력을 읽을 수 있다. 욕된 '파란 녹이 낀 거울'을 윤이 나게 닦아 보자는 것이다. 그 닦는 행위가 처절하도록 눈물겹다. 밤이면 밤마다 닦는 것은 물론이되, 손뿐만 아니라 발로라도 닦으리라는 의지가 나타나 있다. '발'로 닦겠다는 표현은 즐거운 그날까지 키워 가야 할, 이미 잉태한 아픔에 대한 극복 의지의 표현으로 해석할 수 있다. 거울을 닦는 행위는 거울에 묻은 치욕의 덩어리를 닦아내는 것임과 동시에 자신과 조국의 모습을 보다 밝게 바라보려는 의도로도 읽을 수 있다. 거울이 맑아지는 만큼 조국의 미래도 밝아지게 하려는 노력과 의지가 표현된 것이다.

마지막 연에서, 녹이 걷히고 윤이 나는 거울이 된 후, 곧 목적 달성이 된 후, 그 거울 속에는 '홀로' 걸어가는 '슬픈 사람'의 '뒷모양'이 나타난다. 그 모습은 '홀로, 슬픈, 뒷모양'이라는 모습으로 그려지고 있다. 녹이 슬어 있는 욕된 왕조는 밤마다 손바닥으로 닦아 윤기 나는 거울로 만들었지만, 곧 '즐거운 날'이 되었지만, 거울 속에는 여전히 '뒷모양'이 '슬픈 사람'이 보일 뿐이다. 여기에 등장하는 '슬픈 사람'은 거울이라는 창을 통해 바라본 시인의 모습이다. 더 나아가면, 「슬픈族屬」에 등장하는 흰옷 입은 '슬픈 몸집'의 한민족의 모습이기도 하다. 손발로 닦아 녹이 가신 거울, 곧 왕조의 유물에 때가 빗겨진 후 그 거울에 등장하는 모습은 시인의 눈에 나타나는 모습이다. 마치 창밖에 안개가 걷히면서 모습을 드러내는 풍광처럼, '그날'은 그렇게 예비되고 있다. '창'으로서의 거울이 보여주는 것, 그리고, '길'로서의 거울이 인도하는 것이 이것이라 하겠다. 그러나 그날의 모습은 여전히 '슬픈 사람의 뒷모양'이다. 그날이 와

도, 영원히 지워지지 않을 치욕을 강조하는 표현이다. 이
표현은 '즐거운 날'에 다시 '참회록'을 써야 한다는 앞 연
의 구절과도 연결되어 그 의미를 강화하고 있다.

이 「懺悔錄」은 고국에서의 마지막 작품이라는 점에서도
알 수 있듯이 윤동주가 일본 유학을 떠난 뒤의 작품들은
여기서 출발한다고 볼 수 있다. 「懺悔錄」을 두고 볼 때,
윤동주의 일본 유학은, 자신의 살아온 인생을 부정할 뿐만
아니라 생이 끝난 후에도 지속될 치욕을 안고 시작되었다
고 볼 수 있다. 일본 유학은 그토록 절실한 것이었다.

黃昏이 지터지는 길모금에서
하로종일 시드른 귀를 가만이 기우리면
땅검의 옴겨지는 발자취소리,

발자취소리를 들을수있도록
나는총명했든가요.

이제 어리석게도 모든것을 깨다른다음
오래 마음 깊은속에
괴로워하든수많은 나를
하나, 둘 제고장으로 돌려보내면
거리모통이 어둠속으로
소리없이사라지는힌그림자,

힌그림자들
연연히 사랑하든 힌그림자들,

내모든 것을 돌려보낸뒤

허전히 뒷골목을 돌아
黃昏처럼 물드는 내방으로 돌아오면

信슌이 깊은 으젓한 羊처럼
하로 종일 시름없이 풀포기나 뜯자.

– 「힌그림자」

우선 이 시의 의미를 살펴보기로 하자. 황혼은 끝이요 마지막이다. 황혼이 될 때까지 방황한 귀는 한낮의 햇빛에 '시들었다', 지친 귀를 기울여 듣는 땅거미 옮겨지는 발자취 소리에서 깨달음을 얻는다. 여기서 발자취는 곧 깨달음이다. 총명하지 못하여 황혼 무렵까지 방황한 끝에 비로소 깨닫는다는 것이다.

그 깨달음을 얻은 다음, '괴로워하던 수많은 나'를 제 고장으로 돌려보낸다. 여기서 깨달음은 황혼의 소리이고 괴로워하던 나는 하루 종일 시들은 귀, 곧 과거에서 현재까지의 나라고 할 수 있다. 깨달음을 얻은 '나'는 비로소 과거 깨날음을 얻기 전의 괴로워하던 '나'를 제 곳으로 돌려보낼 수 있다. 곧 고민이 끝났다는 의미이다. 이 과거의 나는 황혼이 진 어둠 속으로 사라진다. 소리 없이 사라지는 과거의 나가 '흰 그림자'이다. '어둠'에 대비되는 것이 '흰'이고, '깨달은 나'에 대비되는 것이 '그림자'라고 할 수 있다.

내 모든 것이라 할 수 있는 흰 그림자들을 돌려보낸다는 것은 방황을 끝냈다는 말이다. 방황을 끝낸 상태, 곧 나의 주변에 있던 것들을 모두 떨쳐버린 나는 '허전하다', 어둠 속으로 떠나보낸 방황하던 나를 뒤로하고 돌아오는 '내 방'은 황혼에 물들어 있다. 황혼이 물드는 방은 깨달음을 얻는 방이다. 그 방에 돌아오면, 곧 현실로 돌아와서 '신념이 깊은 의젓한 양처럼' 풀을 뜯고자 한다. '신념이 깊은'과 '시름없이'는 연결되는 말이다. 곧 방황 없이, 회의 없이, 고민 없이 등의 말로 대치될 수 있다. 이런 모습이 곧 신념이 깊은, 확신을 가진, 깨달음을 얻은 양의 모습이다. 풀포기를 뜯자는 것은 묵묵히 할 일을 하자는 것이나 시를 쓰자, 공부를 하자 등이 된다.

이 작품의 전반적인 분위기는 어둡다. 황혼과 밤이라는 시간적인 배경이 그러하고, 거리 모퉁이, 뒷골목 등 등장하는 공간 이미지들도 그렇다. '시들은 귀'나 '괴로워하던 나', '허전히 뒷골목을……' 등도 마찬가지다. 활력이 없고 가라앉아 있다. 마지막 연에 등장하는, 방으로 돌아와 시름없이 풀을 뜯자는 구절도 그 분위기를 반전시키지는 못하고 있다.[103]

물론 이 작품의 상황이 절망의 늪에서 허우적거리는 것은 아니다. 무기력하고 암담한 현실을 방황하다 황혼 무렵

---

[103] 오양호는 「북간도, 그 별빛 속에 묻힌 고향」에서 "이 작품은 '나를 하나, 둘 고향으로 돌려보낸' 후의 껍데기만 남은 상태다."고 하였다.

에 깨달음을 얻어, 새로운 각오로 제자리로 돌아와 '신념
있는' 양처럼 할 일을 묵묵히 하겠다는 의지가 표현되고
있다. 절망적인 상태에서도 절망하지 않는 모습을 보이고
있다. 반전의 가능성은 항상 열려 있음을 나타내는 것이면
서 동시에 황혼에 이은 어둠의 뒤에 찾아올 아침을 예고하
는 것이기도 하다.[104)]

으스럼이 안개가 흐른다. 거리가 흘러간다.
저 電車, 自動車, 모든 바퀴가 어디로 흘리워
가는 것일가? 定泊할 아무港口도없이, 가련한
많은 사람들을 실고서, 안개속에 잠긴
거리는,

거리모통이 붉은 포스트상자를 붓잡고,
서슬라면 모든것이 흐르는속에 어렴풋이빛
나는 街路燈, 꺼지지 않는것은 무슨象徵
일까? 사랑하는동무 朴이여! 그리고金이여!
자네들은 지금 어디 있는가? 끝없이 안개가
흐르는데,

「새로온날아츰 우리 다시 情답게 손목을잡
어 보세」몇字 적어 포스트속에 떠러트리고,
밤을 새워 기다리면 金徽章에金탄추를

---

104) 이에 대해 계영복도 동일한 독해를 하고 있다. "윤동주의 시에 많이 발견되는
색의 이미지 가운데 백색뿐만 아니라 暗黑도 볼 수 있다. 이 암흑이 현실을 그
대로 상징한 것이다. 이 암흑 자체는 절망이요 죽음이요 좌절과 괴로움인 것이
다. 그러나 윤동주의 암흑은 작품 「길」에서도 볼 수 있는 것처럼 어느 시한을
지나서 다시 광명한 것으로 봄, 희망, 삶, 빛으로 향하는 이미지로 바꿔지는 흑
색이요 어둠인 것이다." 계영복, 「윤동주 시 연구」, 성신여자대학교 석사학위논
문, 1988, 77쪽 참조.

삐였고 巨人처럼 찬란히 나타나는 配達夫,
아츰과 함께 즐거운 來臨,

이밤을 하욤없이 안개가 흐른다.

-「흐르는거리」

이 시도 '안개'에 쌓인 세상을 노래하고 있다. 안개가 '으스럼이' 흘러가고 덩달아 전차나 자동차의 바퀴도 흘러가지만 어디로 가는지도 모른다. 정박할 곳도 정해지지 않은 채 안개로 잠긴 거리를 흘러가고 있다.[105] 안개 속에 잠긴 거리가 상징하는 것 역시 혼돈의 상태라 할 수 있다. 앞의 시에서 윤동주가 세계를 보는 눈의 연장선상에 있다는 것을 이 시의 첫 연은 보여주고 있다. 세계는 여전히 혼돈의 상태이다.

모든 것이 흐르는 혼돈의 상태에서 빛나는 가로등이 있다. 화자는 꺼지지 않는 그 가로등이 무슨 상징일까 자문하고 있다. 안개로 싸인 흐릿한 현실에서 가로등은 분명 희망이나 계시가 될 수 있다. 朴이며 金은 고향사람이나 고향의 풍경, 나아가 고국이라고 할 수 있다. 이 고향 사람들을

---

105) 이진화는 이 시의 첫 연을 식민주의 일본의 미몽과 혼돈으로 보고 있다. "여기서의 '안개'와 '모든 바퀴'는 제국주의 노선으로 치닫는 일본의 혼돈상을 상징한다고 볼 수 있다. 그러기에 이러한 역사의 수레바퀴에 휩쓸린 많은 사람들을 이 시의 화자는 '가련하게' 보고 있다. 바꾸어 말하면, 제국주의 일본의 미래를 어둡고 암울한 것으로 이 시의 화자는 예견하고 있다." 이진화, 「윤동주 시 연구 - 자아의식의 양상을 중심으로」, 서울대학교 석사학위논문, 1984, 59쪽 참조.

불러본다. 이 어둠과 혼돈의 현실, 안개에 싸여 방향도 없이 목적지도 없이 흐르고 있는 이 현실에서 어렴풋한 가로등은 그나마 희망이요 위안이다. 그 가로등의 불빛에서 고향의 친구들을 떠올린 것이다. 의지할 무엇이 바로 그것이다. 그러나 현실은 여전히 안개 속이다.

셋째 연은 역시 희망을 그리는 연이다. '새로운'이나 '아침' 등이 그것이다. 안개에 둘러싸인 지루한 현실을 '새로운 아침'을 통해 극복하려 하는 것이다. 그 아침은 금휘장과 금단추를 한 휘황찬란한 모습으로 그려진다. 거인처럼 배달부가 나타날 것이다. 여기서 배달부는 '희망'과 '용기'를 배달하는 사람으로 기대된다. 배달부는 안개를 걷고 새로운 희망을 가지고 '거인처럼 찬란히' 아침과 함께 나타난다. 안개에 갇힌 화자의 희망이 강렬하게 드러나는 연이다.

그러나 4연에 오면 구세주와 같이 찬란하게 찾아올 배달부는 멀리 있다. 새로운 아침은 올 기미를 보이지 않는다. 앞 연에서 '어렴풋이' 빛나는 가로등이 그리하였듯이 배달부가 가져다줄 그 희망의 아침은 역시 '어렴풋'하기만 하다. '이 밤을' 안개는 '하염없이' 흐르고 있는 것이다. 아침의 기대를 버리지는 않았지만, 밤은 아직 깊고, 안개는 여전하다.106)

---

106) 마광수는 다음과 같이 이야기한다. "이 시 전체를 지배하고 있는 심상은 지쳐 있는 도시 생활인의 감상적인 모습이다. 이미 정신적으로 피로해진 인간이, 과

봄이오든 아츰, 서울 어느쪼그만 停車場에서
希望과 사랑처럼汽車를 기다려,

나는푸라트·폼에 간신한그림자를터러트리고,
담배를 피웠다.

내 그림자는 담배연기 그림자를날리고,
비둘기 한떼가 부끄러울것도없이
나래속을 속. 속. 햇빛에빛워. 날었다.

汽車는아무새로운소식도없이
나를 멀리 실어 다 주어,

봄은 다가고 ─ 東京郊外어느조용한下宿房
에서, 옛거리에남은나를 希望과사랑처럼
그리워한다.

오늘도 汽車는몇번이나 無意味하게지나가고,

오늘도 나는 누구를기다려 停車場가차운
언덕에서 서성거릴게다.

─ 아아 젊음은 오래 거기 남어있어라.

─「사랑스런追憶」

　이 시 역시 앞의 두 작품과 같은 독해가 가능하다. '봄이
오든 아츰'은 희망을 꿈꾸었던 시절이다. 희망에 부푼 청년
이 기차를 기다리는 '서울'은 고국이다. 고국의 작은 정거

거를 추억하며 세월의 흐름을 안개에 비유하고 있다." 마광수, 『윤동주 연구』,
정음사, 1984, 122쪽 참조.

장에서 '희망'과 '사랑'의 기차를 기다리고 있는 것이다. 희망에 들뜬 나는 초조함을 달래는 담배를 피운다. 플랫폼에서 나는 '그림자'로 표현된다. 그림자는 자신을 지칭하는 익명 혹은 간접 표현일 수도 있고, 자신의 허상일 수도 있다. 따라서 그림자를 '터러트린다'는 말은 자신의 실체를 대상으로 하는 말일 수도 있고, 자신의 허상을 두고 이르는 말일 수도 있다.

다음 연에서 담배연기도 '그림자'로 표현되고 있다. 이렇게 보면 앞 연의 그림자도 나의 허상이 아니다. '내'가 '담배 연기'를 날리고 있는 것이 나의 '그림자'가 담배 연기의 '그림자'를 날리는 것으로 표현된 것이다. 그것의 이유는 다음 행을 통해 알 수 있다. 부끄러울 것도 없이 햇빛 속을 나는 비둘기 떼와 대비해 볼 때, 부끄러운 존재인 나는 그 '부끄러움' 때문에 '나'가 아닌 '그림자'로 표현되고 있다. 이 부끄러움으로 인해 정거장에서 담배를 물고 기차를 기다리며 서성거리는 나의 모습이 흑백 필름처럼 보이는 것이다.

희망의 기차를 기다리고 있던 나에게, 실상 기차는 나를 멀리 실어다 주었으나, 동경 교외의 하숙방에 있는 나에게 희망, 곧 '봄'은 이미 가버렸다. 남은 것은 옛 거리이다. 그래서 희망과 사랑을 꿈꾸던 그 시절을 '희망과사랑처럼' 그리워하고 있다. 이 작품에서도 현실은 기대에 미치지 못한다. 희망을 충족시켜 주기에는 너무 지리멸렬하다.

아무 새로운 소식도 없이 나를 여기에 내려놓은 기차는 '오늘도' 몇 번이나 '無意味하게' 지나간다. 나는 정거장 가까운 언덕에서 누구를 기다린다. 마치 서울의 정거장에서 희망의 기차를 기다렸듯이, 멀리 떠나온 이곳의 '언덕'에서 누군가를 기다리며 서성이겠다는 이 표현에서 '누군가'는 현실의 무기력함을 깨뜨려 줄 희망이다. 희망을 버리지 않는 것이다. 더구나 '언덕'에서 기다린다는 것도 의미 있는 말이다. '언덕'은 평지보다 멀리 볼 수 있는 유리한 곳이다. 초조함과 함께 간절한 심정을 읽을 수 있는 구절이다.

젊음은 오래 거기 남아 있으라고 절규하는 마지막 연은, 애절한 희망이 표현된 것이다. 이 시에서 젊음은 희망을 키우던 옛 거리이다. 그리고 '거기'는 막막하고 지리멸렬한 '여기'가 아니다. 역시 사랑과 희망이 있는 과거이다. 과거이면서 곧 갈구하는 미래의 상이기도 하다. 이 작품에서도 희망을 버리지 않고 갈구하는 화자를 읽을 수 있다. 물론 현실은 앞의 작품에서와 같이 어둠이나 안개에 둘러싸여 있다.107)

---

107) 송우혜는 앞의 세 작품에 대해 모두 향수에 시달리는 모습으로 읽고 있다. "그가 그처럼 향수에 시달렸다는 것은 상실한 것에 대한 통증이 그만큼 컸다는 이야기에 다름 아니다."고 이야기한다(송우혜, 앞의 책, 267쪽 참조). 마광수도 비슷하다. "동경 유학시절의 동주는 외롭고 고적하였다. 이 시에 묘사된 기다림은 좀더 담담한 기다림이다. 목적도 없고 대상도 없다. (……)사랑, 희망, 그리움이란 단어가 겹쳐져 아련한 서글픔을 느끼게 한다. (……) 사랑이나, 희망, 그리움 등

8.3. 긍정과 희망의 미래

    일본으로 건너간 후에 쓰인 세 작품에서 공통적으로 읽을 수 있는 것은 안개 속의 현실이다. 곳곳에서 향수를 느낄 수 있고 고향집이나 친구들에 대한 그리움이 혹은 과거에 대한 회상이 흑백필름처럼 연달아 떠오르고 있다. 그런데 비해 현실은 기대했던 것과는 너무 멀리 있다. 한층 높았던 꿈을 채워주지 못하는 현실은 활로를 찾지 못한 채 과거의 무게에 짓눌려 있다. 아침을 향한 불빛은 희미하기만 하고, 창밖은 여전히 안개가 자욱한 것이다. 그러나 다음의 작품들은 현실 탈출구를 엿볼 수 있는 것들이다. 윤동주의 초기시나 동시 작품부터 줄곧 발견할 수 있는 '희망을 버리지 않는 의지'를 일본에서의 시에서도 여전히 발견할 수 있다.

窓밖에 밤비가 속살거려
六疊房은남의나라,

詩人이란 슬픈天命인줄알면서도
한줄詩를 적어볼가,

땀내와 사랑내 포그니 품긴
보내주신 學費封套를받어

의 이미지는 '기차'로 상징되어 있다."(마광수, 앞의 책, 125 – 126쪽 참조)

大學노-트를 끼고
늙은敎授의講義 들으려간다.

생각해보면 어린때동무들
하나, 둘, 죄다 잃어버리고

나는 무얼 바라
나는 다만, 홀로 沈澱하는것일가?

人生은 살기어렵다는데
詩가 이렇게 쉽게 씨워지는것은
부끄러운 일이다.

六疊房은남의나라.
窓밖에 밤비가속살거리는데,
등불을 밝혀 어둠을 조곰 내몰고,
時代처럼 올 아츰을 기다리는 最後의 나,

나는 나에게 적은 손을내밀어
눈물과 慰安으로잡는 最初의 握手.

─「쉽게씨워진詩」

  현재까지 창작일이 밝혀진 작품 중에서 최후의 것으로
알려진 이 작품은 10연으로 되어 있다. 작품의 구조상 앞
의 여섯 연과 뒤의 네 연으로 구분할 수가 있다. 그리고 1
연부터 각기 두 연씩 짝을 지을 수가 있다. 이 작품에는
'일본에서의 고국과 고향에 대한 향수와 함께 시인으로서
의 천명에 대한 자각과 미래에 대한 기다림이 운명적인 것

으로 표출돼 있다.'108)

화자가 있는 방 밖은 밤이다. 밤은 어둠이고 암울한 현실이 된다. 화자가 위치한 곳이 육첩방으로 상징되는 일본이다. 육첩방이 남의 나라이니까 일본은 남의 나라이다. 고국을 떠나 일본으로 유학을 온 윤동주에게 자신이 머무는 일본은 남의 나라인 것이다. 육첩방의 좁은 공간에 지나지 않는 곳이 일본이라는 것은 일본의 그릇이 그것밖에 되지 않는다는 말도 된다.

방 안이 일본이라면, 그것의 밖은 고국이 된다. 그 고국은 지금 밤이다. 그래서 창밖은 밤인 것이다. 그런데 비가 '속살'거린다. 밤으로 표현된 고국으로부터의 소식이다. 고향 산천의 목소리일 수도 있고, 어머니의 사랑스런 목소리이거나 그리운 친구의 음성이기도 하다. 그리고 시인이 슬픈 천명이라는 것을 깨달았다. 그것을 알지만 문학을 하러, 시를 쓰기 위해 '참회록'을 쓰면서까지 '남의 나라'에 온 것이다. 그래서 시 한 줄을 적어본다.

띰내와 사랑내는 고향의 부모님이다. 포근한 부모님의 고생이 묻어나는 학비봉투를 받아들고 늙은 교수에게 배우러 간다는 셋째 연도 앞 연의 연수에 대비되어 고국에 대한 그리움과 사랑이 현실 세계를 압도하고 있다. 육첩방 안

---

108) 김재홍, 「자기 극복과 超人에의 길」, 『현대시』, 문학세계사, 1984. 여름호, 230쪽.

에서 창밖의 밤비를 통해 고향의 목소리를 들었듯이, 이 연에서는 학비 봉투에서 부모님의 따뜻한 손길을 느끼는 것이다. 고국에 대한 그리움이 현실보다 우위에 있다는 점에서 공통이다.

다음 두 연에서도 어릴 때의 친구들을 떠나 홀로 침전하는 자신을 돌아보고 있다. 동무들을 잃었다는 것은 고국을 잃었다는 말이기도 하고 추억을 잃었다는 말도 된다. 나아가 소중한 것을 잃었다는 의미로 읽을 수도 있다. 육첩방의 나라로 오기 위해 소중한 것을 다 멀리 떠나보냈는데, 지금 보니 무엇을 바라고 그랬냐는 것이다. 홀로 침전하고 있는 현실에 대한 회의가 나타난 대목이다.

'침전'이라는 시어는 그의 시 「肝」에도 나오는 대목이다. 「肝」은 저항의식이 표현된 대표적인 작품이다. '푸로메디어쓰 불상한 푸로메디어쓰/불 도적한 죄로 목에 맷돌을 달고/끝없이 沈澱하는 푸로메드어쓰'109)에서 읽을 수 있듯이, 이 작품에서 프로메테우스는 '속죄양'이다. 인간에게 불을 훔쳐다 준 죄로 독수리에게 간을 뜯어 먹히는 형벌을 받는 자가 프로메테우스이다. 그의 형벌에 꿋꿋이 견디며 저항한다. 이 작품에서의 프로메테우스적 저항은 곧 '忍苦에 의한 저항'110)이다. 이런 프로메테우스의 행위에 쓰인 '沈澱'

---

109) 「肝」의 마지막 연.
110) 김재홍, 앞의 글 227쪽.

이라는 표현이 이 작품에도 동일하게 나타나고 있다. 다음 연에서 그것을 확인하고 있다.

앞에서 말했듯이 7연 이후의 네 연은 시 앞부분의 고향에 대한 향수와 현실에 대한 무력함을 극복하는 형태로 제시되고 있다. '인생은 살기 어렵다는데', '시가 쉽게 쓰이는 것은', '시는 쓰기 힘들다는데 쉽게 쓰인다' 혹은 '인생은 힘들다는데 나는 무기력하게 살고 있다'는 의미로 읽을 수 있다. 그리고 앞의 것과 연결해 본다면, 고국에서는 땀내 나는 고생을 하고 있는데 나는 대학 노트를 들고 다니는 시인으로서 부끄럽게 살고 있다는 이야기도 된다. 이런 반성이 토대가 되어 남의 나라, 육첩방의 창밖에서 속살거리는 빗소리는 무기력한 시인을 일깨우는 소리가 된다. 다음 연에서 그것이 구체적으로 드러나고 있다.

등불을 '밝힌다'는 것은 적극적인 의지를 표하는 것이다. '등불'을 밝혀 어둠을 내몬다는 것은 어둠 속에 있는 조국에 밝은 빛, 희망을 준다는 의미이다. 그것이 단지 '조금'이라 할지라도 그 의미는 예시로운 것이 아니다. 스스로 등불을 밝혀서 '時代처럼 올 아츰'을 기다린다는 것이다. 시대처럼 오는 아침은 밝은 희망을 안고 오는 '배달부'[111]에 다름 아니다. 불을 밝혀 놓고 아침을 기다리는 '최후'의 나도 주목할 만하다. 어둠에 갇힌 고향에 등불을 밝히는 나에

---

111) 「흐르는거리」 참조.

게 있어 최후는 현재의 무기력을 마감하는 의미로서의 최후이다. 새로운 출발을 결심한 나에게, '지금까지의 나의 모습'은 최후에 해당한다는 말이다.

마지막 연에서 새로운 출발을 하는 나가 다시 등장한다. 그래서 새로운 나는 지금까지의 나와 악수를 나눈다. 현재까지의 향수와 무기력감에 시달리는 나를 마감하고 어둠을 밝히는 등불을 켜는 나로서 다시 시작하는 의미로서의 악수인 것이다. 이것은 과거와의 화해이면서 동시에 결별이다. 그래서 그 악수를 나누는 자리에 '눈물'과 '慰安'이 등장하는 것이다.[112]

이 작품이 앞장에서의 세 작품과 다른 점이 여기서 확인된다. 작품의 앞부분에서 읽을 수 있는 고향에 대한 향수나 현실의 무기력감에 대한 토로는 앞장에서 살핀 세 작품의 연장이다. 그러나 이 작품에서 화자는 여기에 머무르지 않는다. 등불을 밝혀 어둠을 내몰고 시대처럼 올 아침의 광명을 기다리는 적극적인 행위를 할 뿐만 아니라 지금까지의 무기력한 나에 대해 반성하고 새로운 출발을 다짐하는 의식을 치른다. 그것이 '握手'의 형태로 나타난다. 미래에 대한 희망을 간직하는 데 머물렀던 앞 시기의 작품들에 비해 이

---

112) 이에 대해서 이진화도 비슷한 견해를 보이고 있다. "여기서 '최초의 악수'는 '최후의 나'란 구절과 동일한 의미이다. 즉 지금까지 문제되어 왔던 자아의 갈등이 종식되는 순간이며, 새로운 자아가 탄생되는 순간이기도 한 것이다." 이진화, 앞의 글 83쪽 참조.

작품이 갖는 본질적인 의의가 바로 이것, 곧 미래에 대해
능동적인 태도를 보이며, 구체적인 노력을 보인다는 점이다.

> 봄이 血管 속에 시내처럼 흘러
> 돌, 돌, 시내가차운 언덕에
> 개나리, 진달레, 노―란 배추꽃,
>
> 三冬을 참어온 나는
> 풀포기 처럼 피여난다.
>
> 즐거운 종달새야
> 어느 이랑에서나 즐거웁게 솟처라.
>
> 푸르른 하늘은
> 아른, 아른, 높기도 한데……

―「봄」

혈관 속에 봄이 흐르고 있다. 혈관은 피가 흐르는 곳이다.
피는 곧 생명이고 나아가 고국이다. 고국에 봄이 흐르고 있
다. 이것은 '안개'가 흐르는 것이다. 이 겨울을 녹이는 봄이
시내를 이루어 흐르는 것이다. 그 '언덕'은 오지 않는 누군
가를 기다리며 서성거리던 그 언덕[113]이 아니다. 개나리 진
달래 배추꽃은 한민족이요 조국을 상징한다. 동토의 나라,
어둠의 나라, 차가운 가슴, 절망의 땅에 고국의 꽃을 피우는

---

113) 「사랑스런追憶」 참조.

것이다. 이는 곧 '등불을 밝히는'[114) 것에 다름 아니다.

다음 연도 첫 연의 반복이다. 삼동을 참아온 내가 풀포기처럼 피어난다고 했을 때 삼동은 겨울이고 얼어 있던 어둠의 땅이다. 그 땅에서 향수에 짓눌려 무기력하기 짝이 없던 내가 봄을 맞아 풀포기처럼 피어나는 것이다. '피어난다'는 단어에서 피어나는 기운이 곧 현재의 화자 자체라고 할 수 있다.

이런 생명의 기운은 다음 연으로 이어지면서 하늘로 치솟고 있다. 땅에서 피어나는 봄기운을 노래하던 첫 연과 둘째 연에 이어 이제 그 기운이 하늘로 확대되고 있는 것이다. 종달새는 물론 앞 연의 개나리 진달래와 같이 한민족, 고국을 의미한다. '어느 이랑에서나 솟처라'고 외치고 있다. '어느' 이랑이나 가릴 것 없다는 것도 의미를 담고 있다. 특정한 곳이 아니라 땅의 어느 곳에서나 골고루 그 기운이 퍼지라고 한다. 말하자면 땅에서 봄기운이 충만하다는 것을 대변하고 있다.

이 충만한 봄기운이 종달새를 통해 하늘로까지 확대되고 있는 것이다. 그 하늘은 '푸르른' 하늘이다. 이 '푸른'은 황혼[115)이나 안개[116)나 담배 연기[117)를 벗어 던진 색이다. 밤

---

114) 「쉽게씨워진詩」 참조.
115) 「힌그림자」 참조.
116) 「흐르는거리」 참조.
117) 「사랑스런追憶」 참조.

과 겨울의 기운을 걷어 버린 밝고 생기 넘치는 봄의 기운인 것이다. 이 푸른 기운은 다음 행의 '아른아른', '높은'에 와서 절정에 이른다. 푸른 것에 그치지 않고 그 푸른 하늘에서 아른거릴 정도로 높게 나는 종달새에게서 봄의 기운, 생명의 활력은 극점에 달하는 것이다.

이 작품이 과거의 추억과 조국의 실상과 현실의 삶이 가져다주는 중압감을 이야기하던 작품들[118]에서 보여준 절망과 향수를 극복하는 데[119]서 그치지 않고 봄의 발랄한 생명력으로 거듭나고 있다는 점에서 작가의 현실 극복과 미래 긍정의 강한 의지와 함께 그것에 대한 자신감을 선명하게 발견할 수 있다. 이 작품의 결정적인 의의가 바로 이것이다. 일본에서의 생활, 특히 경도에서의 생활에서 읽어낸 무력함과 절망감이라는 설익은 열매가, 미래에의 밝은 희망과 긍정적인 확신이라는 잘 익은 열매로 거듭나고 있음을 이 작품을 통해 확인할 수 있다.

일본유학기의 작품들은 이민족의 지배를 받는 식민지 조국의 청년으로서 가해자의 나라 이국땅에서 쓰인 것이다. 이때는 시인이 가장 성숙한 시기, 가장 치열한 고뇌의 시기였다는 점에서, 윤동주 시의 특징을 밝히고 시 세계를 규명하는 데 중요한 역할을 할 수 있다. 「흰 그림자」나 「흐르

---

118) 「흰그림자」, 「흐르는거리」, 「사랑스런追憶」이 이에 해당한다.
119) 앞서 살폈듯이 「쉽게씌워진詩」가 이를 극복하는 작품이다.

는 거리」, 「사랑스런 추억」 등 비교적 초기에 쓰인 작품들은 과거와 현재를 놓고 볼 때 과거 쪽으로 치우쳐져 있다. 향수나 그리움 등이 주된 정조를 보인다. 이에 비해 현실은 정처 없는 항로와 안개 속의 혼돈과 무기력함으로 나타난다. 현실의 무게가 미래의 희망을 가져다주기에는 너무 힘겨운, 그래서 미래의 전망은 어둡기 만한 것으로 나타나고 있다.

이에 비해 다섯 작품 중 후기에 쓰인 「쉽게씨워진詩」와 현존 작품 중 최후의 것으로 여겨지는 「봄」에서는 미래에 대한 희망이 제시되고 있다. 「쉽게씨워진詩」에서는 과거와 현재의 모습이 여전히 중요한 축으로 등장하지만, 앞 장에서 살폈던 작품들에 비해 '아침'을 맞는 자세가 보다 적극적이고 그 의지가 굳건한 것으로 나타나, 밝은 미래를 엿볼 수 있게 하는 작품이다. 그리고 「봄」에서는 안개와 방황으로 지칭되는 현재의 모습을 완전히 벗어 던지고 발랄하고 생기 넘치는 미래를 그리고 있다.

참고문헌

● 기본 자료

윤인석 외 엮음, 『사진판 윤동주 자필 시고 전집』, 민음사,
　　　1999.
권영민 편저, 『하늘과 바람과 별과 시』, 문학사상사, 1995.

● 국내 논저

강만길 외편, 『식민지시기의 사회경제』 1, 2, 한길사, 1994.
계영복, 「윤동주 시 연구」, 성신여자대학교 석사학위논문.
고석규, 「윤동주의 정신적 소묘」, 『초극』, 1954.
고형진, 「서사적 요소의 시적 수용」, 『한국 현대시의 서사지향
　　　성 연구』, 시와시학사, 1995.
권기호, 「중국 주재 조선족 시인의 시 유형 연구」, 『어문학』 62
　　　집, 한국어문학회, 1997.

권영민 엮음,『윤동주 연구』, 문학사상사, 1995.

권영민,「광복 50주년의 한국 문학과 시인 윤동주」,『하늘과
　　바람과 별과 시』, 문학사상사, 1995.

권일송,『윤동주 평전 - 하늘을 우러러 한점 부끄럼이 없기를』,
　　민예사, 1984.

김남조,「윤동주 연구」,『하늘과 바람과 별과 시』, 문학사상사,
　　1995.

김동수,「일제 침략기 항일 민족시가 연구」, 원광대학교 대학원
　　박사학위논문, 1987.

김선학,「한국 현대시의 시적 공간에 관한 연구」, 동국대학교
　　대학원 박사학위논문, 1989.

김수복 외 편저,『나한테 주어진 길 - 윤동주』, 웅동, 1999.

김수복,「윤동주, 잊을 수 없는 별의 노래」,『나한테 주어진 길
　　- 윤동주』, 웅동, 1999.

김수복,『상징의 숲 - 우리 시의 상징과 자아 동일성』, 청동거
　　울, 1999.

김열규,「윤동주론」,『국어국문학』 27호, 국어국문학회, 1964.

김영민,「윤동주 연구사의 평가 정리」,『윤동주 시론집』, 바른글
　　방, 1987.

김용직,「상황의 윤리와 그 정신적 맥락」,『한국현대시연구』, 일
　　지사, 1974.

김우종,「암흑기 최후의 별」,『문학사상』, 1976. 4.

김우창,「손들어 표할 하늘도 없는 곳에서 - 윤동주의 시」,『문
　　학사상』, 1976. 6.

김윤식,「어둠 속에 익은 사상 - 윤동주론」,『윤동주 연구』, 문
　　학사상사, 1995.

김윤식,『한국 근대 작가 논고』, 일지사, 1974.

김은자,『현대시의 공간과 구조』, 문학과비평사, 1988.

김재홍,「운명애와 부활정신」,『윤동주 연구』, 문학사상사, 1995.

김재홍, 「자기 극복과 超人에의 길」, 『현대시』, 문학세계사, 1984. 여름호.

김정우, 「윤동주의 소년시절」, 『나라사랑』 23집, 1976.

김학동 편, 『윤동주』, 서강대학교 출판부, 1997.

김현자, 「대립의 초극과 화해의 시학」, 『윤동주 연구』, 문학사상사, 1995.

김흥규, 「윤동주론」, 『창작과 비평』, 1974. 가을호.

나병철, 「식민지 시기의 문학」, 『식민지 시기의 사회경제 2』, 한길사, 1994.

마광수, 『윤동주 연구』, 정음사, 1984.

문덕수·함동선 공편, 『한국현대시인론』, 보고사, 1996.

문익환, 「하늘·바람·별의 시인, 윤동주」, 『월간중앙』, 1976. 4.

박의상, 「윤동주 시의 사회심리학적 연구 – '자기화과정'을 중심으로」, 인하대학교 대학원 박사학위논문, 1993.

박이도, 『한국 현대시와 기독교』, 종로서적, 1987.

박종대, 「윤동주 시의 '길찾기'에 관한 연구」, 연세대학교 석사학위 논문, 2000.

박태일, 『한국 근대시의 공간과 장소』, 소명출판, 1999.

서굉일, 「일제하 북간도 한인들의 민족주의 교육운동」, 『규암 김약연 선생』, 고려글방, 1997.

서준섭 외, 『식민지 시대의 시인 연구』, 시인사, 1985.

송우혜, 『개정판 윤동주 평전』, 세계사, 1998.

신주백, 「만주지역 한인의 민족운동 연구(1925 – 40)」, 성균관대학교 대학원 박사학위논문, 1995.

염무웅, 「시와 행동」, 『나라사랑』 23집, 1976.

염창권, 『집없는 시대의 길가기 – 일제강점기 한국 현대시의 공간구조』, 한국문화사, 1999.

오세영, 「윤동주의 시는 저항시인가?」, 『문학사상』 1976. 4.

오양호, 「북간도, 그 별빛 속에 묻힌 고향」, 『윤동주 연구』, 문학사상사, 1995.

오양호, 『한국문학과 간도』, 문예출판사, 1988.

오오무라 마스오(大村益夫), 『윤동주와 한국문학』, 소명출판, 2001.

유종호, 「청순성의 시, 윤동주의 시」, 『시란 무엇인가』, 민음사, 1995.

윤동주, 『원본대조 윤동주 전집 - 하늘과 바람과 별과 시』, 연세대학교 출판부, 2004.

윤영천, 『한국의 유민시』, 실천문학사, 1987.

이건청 편저, 『윤동주』, 문학세계사, 1995.

이건청, 『윤동주 평전 - 나의 별에도 봄이 오면』, 문학세계사, 1981.

이건청, 『윤동주 - 신념의 길과 수난의 인간상』, 건국대학교출판부, 1994.

이기철, 「삶의 공간과 기도의 공간」, 『윤동주 전집』, 문학사상사, 1995.

이남호, 「윤동주 시의 의도연구」, 고려대학교 대학원 박사학위논문, 1986.

이부끼 고우(伊吹鄕), 「윤동주에 내려진 판결문 전문」, 『문학사상』, 1982. 10.

이사라, 「윤동주 시의 기호론적 연구 - 이항대립에 있어서의 매개 기능을 중심으로」, 이화여자대학교 대학원 박사학위논문, 1987.

이상섭, 『윤동주 자세히 읽기』, 한국문화사, 2007.

이상호, 「한국 현대시에 나타난 자아의식에 관한 연구」, 동국대학교 대학원 박사학위논문, 1988.

이승훈, 「윤동주의 시 이렇게 읽는다」, 『윤동주 전집』, 문학사상사, 1995.

이어령, 「어둠에서 생겨나는 빛의 공간」, 『하늘과 바람과 별과 시』, 문학사상사, 1995.

이재철, 『아동문학의 이론』, 형설출판사, 1984.

임헌영, 「순수한 고뇌와 절규」, 『문학사상』, 1976. 4.

장덕순, 「윤동주와 나」, 『나라사랑』 23집, 1976.

장윤익, 『북방문학과 한국문학』, 인문당, 1990.

정금철, 「한국시의 기호론적 유형연구」, 서강대학교 대학원 박
　　　사학위논문, 1987.

정병욱, 「잊지 못할 윤동주의 일들」, 『나라사랑』 23집, 1976.

정운현 편역, 『창씨개명』, 학민사, 1994.

정한모, 「동주 시의 특질과 시사적 의의」, 『한국 현대시의 정수』,
　　　서울대출판부, 1979.

정호승, <시에 대한 몇 가지 생각>, 『우리시대의 시인』, 시와반
　　　시사, 2002.

조문일 엮음, 『한국민족운동사연구논총』, 영남대학교출판부, 1998.

조병기, 「한국현대시에 나타난 비극적 서정성 연구」, 성균관대
　　　학교 대학원 박사학위논문, 1989.

조재수, 『윤동주 시어 사전 - 그 시 언어와 표현』, 연세대학교 출
　　　판부, 2005.

지현배, 「윤동주 시의 의식현상학적 연구, 경북대학교 박사학위
　　　논문, 2001.

최문자, 「윤동주 시 연구」, 성신여자대학교 박사학위논문, 1996.

한영일, 『한국현대기독교 시 연구 - 윤동주, 김현승, 박두진 詩
　　　의 상싱성을 중심으로』, 성균관대학교 대학원 박사학위
　　　논문, 2000.

한중모, 『주체적 문예이론의 기본』, 문예출판사, 1992.

허문일, 「우리의 살림」 부분, 『농민』, 1930. 8.

홍장학, 『정본 윤동주 원전연구』, 문학과지성사, 2004.

홍정선, 「윤동주의 시와 시론의 반성」, 『현대시』, 1984 여름호.

유성호, 「'슬픔'의 힘 속에서 생성되는 '사랑'의 노래」,
　　　http://www.poetry21. co.kr/

● 국외논저

권철, 『중국조선족문학』(상), 연변인민출판사, 2000.
김만석, 「윤동주 동시연구」, 『학술토론회론문집』, 용정시문학예
       술계련합회, 1996.
김만석, 『중국조선족아동문학사』, 연변대학출판사, 1994.
김성룡, 「윤동주의 저항과 고독의 세계」, 『학술토론회론문집』,
       용정시문학예술계련합회, 1996.
大村益夫, 「尹東柱をめぐる四つのこと」, 『星うたう詩人 - 尹
       東柱の詩と研究』, 三五館, 1997.
리해산, 「윤동주 시가의 의미경」, 『연변문학』, 1998. 1.
리해산, 「윤동주의 시와 현대하시의 내재적련관성」, 『학술토론
       회론문집』, 용정시문학예술계련합회, 1996.
림연, 「서서히 빛을 휘뿌리는 혜성」, 『문학과 예술』, 1995. 11
       - 12.
박종식, 「<하늘과 바람과 별과 시>의 미학 - 윤동주의 시 세계」,
       『통일문학』 제8호, 1991.
上野潤, 「尹東柱論 - その後期詩篇を中心に」, 『星うたう詩人
       - 尹東柱の詩と研究』, 三五館, 1997.
西岡健治, 「나에게 주어진 길 - 윤동주에 있어서의 언어의 의미」,
       『세미나자료집』, 1997. 2.
尹東柱詩碑建立委員會 編, 『星うたう詩人 - 尹東柱の詩と研究』,
       三五館, 1997.
이누가이 미쯔히로 외, 고계영 역, 『일본 지성인들이 사랑하는
       윤동주』, 민예당, 1998.
일철(권철), 「시인 윤동주의 생애」, 『연변문학』, 1998. 1.
전광하 편저, 『세월 속의 용정』, 연변인민출판사, 2000.
전성호, 「저항적 심성을 가진 방황자 - 윤동주간론」, 『학술토론
       회론문집』, 용정시문학예술계련합회, 1996.

정판룡 외, 『민족시인윤동주50주기기념 학술토론회론문집』, 용
　　정시문학예술계련합회, 1996.
조성일·권철 주편, 『중국조선족문학사』, 연변인민출판사, 1990.
한정길 편저, 『선구자의 노래』, 길림성내부자료보관성출판물.

제 3 부

윤동주 연구 자료

9. 시인의 스크랩북

9.1. 스크랩북 발굴 경위

윤동주 시인의 원고를 사진으로 공개한 『사진판 윤동주 자필 시고전집』(민음사, 1999)에는 시인이 각 일간지의 문예 작품을 스크랩한 원고 47편의 목록이 나와 있는데, '짙은 갈색 표지와 옅은 갈색 속지로 만들어진 스크랩북'이라는 설명이 있다. 다음에 싣는 원고의 목록은 윤동주 시인이 생전에 스크랩했던 원고들로, 중국에서 보관되다가 지난 2000년에 세상에 알려졌다.

용정에서 발견된 윤동주의 스크랩북은 모두 세 권이다. 기간은 1938년 4월부터 1939년 2월까지이고, 내용은 모두 조선일보에 실린 것이다. 윤동주 시인이 1938년 4월 9일에 연희전문학교에 입학을 했으므로, 이들은 서울에서 지낸 연희전문 시절에 스크랩한 원고들이다. 이 무렵 시인은 조선일보뿐만 아니라 매달 『문장』과 『인문평론』 등의 문학 관련 잡지도 사서 읽었다고 전해진다.

이 시기에 시인은 「새로운 길」, 「비오는 밤」, 「사랑의 전당」, 「이적」, 「아우의 인상화」, 「슬픈 족속」 등의 시와 동시 「산울림」, 「고추밭」 등의 작품을 썼다. 시인의 독서 이력과 이들 작품과의 상관관계에 대해 고찰하는 것이 향후의 과제로 남는다. 스크랩북 3권에 실린 金午星의 「時代와 知性의 葛藤 ― 프로메듀 ― 스的 事態」(1939년 1－2월)와 「소년」, 「자화상」 등과의 관계를 살피는 것이 한 예가 될 수 있다.

유품의 보관자는 沈連洙 시인의 동생인 沈湖洙 옹인데, 필자가 지난 2000년 12월에 윤동주 시인의 매제인 오형범 옹과 함께, 길림성 용정시 光新鄕에 살고 있는 심 옹의 자택에서 스크랩북을 확인하였다. 심호수 옹에 의하면, 심 옹의 막내 동생 海洙 옹이 윤동주 시인의 막내 광주 동생과 친구였는데, 그 동생이 윤광주로부터 빌린 스크랩북을 돌려주지 못하고 있다가 심련수 시인의 원고와 함께 보관되었다는 것이다.

아래에 윤동주 시인의 조카인 윤인석 교수가 전하는 스

크랩북의 입수 경위에 관한 내용을 소개하고자 한다. 여기에는 입수 경위, 스크랩북의 진품 여부에 관한 생각, 그리고 유품이 유족들 손으로 돌아왔으면 하는 바람과 새로운 유품의 발견에 대한 기대 등이 적혀 있다. 윤인석 교수로부터 필자에게 서신으로 온 내용의 일부분인데, 기초 자료라는 의미에서 해당 원문을 그대로 옮기기로 한다.

이 자료는 큰아버지(윤동주 시인을 말함)가 생전에 스크랩해 두셨던 신문기사들입니다. 사진판 원고집 작업하시면서 보셨던 것과 같은 종류의 것이라 생각하시면 됩니다. 아버지와 고모님(윤혜원 여사를 말함)의 말씀에 의하면 큰아버지가 작성한 스크랩북이 여러 권 있었다는데 아마 그 중 일부인 것 같습니다.

소장자는 용정에 계시는 沈湖洙라는 분이십니다. 이 분은 동봉해드린 kbs 방송원고를 참조하시면 아시겠지만, 지난해 용정에서 유고시집이 발간된 沈連洙라는 분의 동생이십니다. 형님의 유고를 오래 갖고 계시다가 중국 개방 후, 많은 것이 변화하는 것을 보고 유고집을 내셨다고 매스컴에서는 얘기하고 있습니다.

그럼, 지금 보내드리는 자료가 어떻게 심호수씨께 전해졌는가 하는 것은 다음과 같습니다. 심호수 씨의 동생(沈海洙 – 즉 이분들의 형제는 심련수/1918년 5월 20일생, 호수

/1924년 12월 18일생, 해수/아직 생년월일 미파악 아마 광주숙부 또래였는가 봅니다)이 광복 후 저의 막내삼촌인 光柱숙부와 은진중학교 동기셨다 합니다. 서로 문학에 관심이 있어 책이랑 돌려보셨던 모양인데 아마 광주 숙부가 집의 큰 형님 스크랩북을 가져다 보여 드리고 했던가 보지요. 그런데 얼마 후(언제인지는 아직 잘 모르겠습니다) 해수 씨가 북한에 들어가서 활동했는데 현재까지 생사를 모른답니다.

이상은 오형범 장로님(윤동주 시인의 매제)이 중국체제 중이실 때, 마침 내용이 방송된 것을 보신 분들이 저에게 귀뜸 해주시어 급히 전화로 부탁드려서 심호수 씨를 찾아뵙고 들은 얘기를 정리한 것입니다. 자료의 복사도 장로님이 해주셨습니다. 같이 가셨던 고모님은 스크랩북이 세권이었는데 겉장은 너덜너덜하게 해졌지만, 모두 옛날 고향집에 보관하고 있었던 것과 꼭 같은 것이었다고 하셨습니다. 고모님과 심호수 씨의 증언으로 진품인가에 대한 문제제기는 없으리라 생각합니다.

고모님 내외분이 혹시 유족들에게 돌려줄 의향은 없으신지 심호수 씨께 여쭤 보았더니, 우선 동생이 갖고 있던 물건이어서 마음대로 할 수가 없고, 아직 생사를 모르니 기다려 보아야겠다. 혹시 별세했다는 걸 확인하게 되면 유족에게 돌려주겠다고 하시더랍니다. 그 마음 충분히 이해할 수 있고, 그리고 이렇게 복사본이라도 구해볼 수 있어 얼마나 감사하고 다행한 일인지 모르겠습니다. 막연하게 문화혁명 때 없어졌을 것이라고 생각했던 것이 이렇게 나타나다니, 무리인줄 알면서도 다른 유품들에 대한 기대도 하게 됩니다.

아래 사진은 스크랩북이다. 필자가 심호수(沈湖洙) 옹 자택을 찾았을 때, 심 옹은 헛간 깊숙한 곳 단지 속에서 수십 년 동안 빛을 보지 못했던 스크랩북을 가지고 나와 보여주었다. 순간 필자에게는, "저것이 윤동주 시인의 시 원고였다면……" 하는 생각이 스치고 지나갔다. 그래도 그렇게라도 보관이 된 것이 큰 다행이었고, 한편으로 더없이 고마운 일이었다. 다른 사진의 맨 왼쪽 인물이 심호수 옹이고 그 옆이 오형범 옹이다. 맨 오른쪽은 심호수 옹의 부인이다.

9.2. 스크랩 자료 목록

9.2.1. 스크랩북1(조선일보 수록)

19380419 朴鍾鴻 現代哲學의 諸問題(上)

19380420 朴鍾鴻 現代哲學의 諸問題(中)

19380421 朴鍾鴻 現代哲學의 諸問題(下)

19380423 崔載瑞 現代世界文學의 動向(上)

19380424 崔載瑞 現代世界文學의 動向(中)

19380425 崔載瑞 現代世界文學의 動向(下)

19380518 尹圭涉 文學意識과 生活의 乖離(一)

19380519 尹圭涉 文學意識과 生活의 乖離(二)

19380521 尹圭涉 文學意識과 生活의 乖離(三)

19380524 尹圭涉 文學意識과 生活의 乖離(四)

19380525 尹圭涉 文學意識과 生活의 乖離(五)

19380604 朴英熙 [古典復興의 理論과 實際] 古典復興의
現代的 意義－深奧한 叡知의 攝取過程

19380605 李熙昇 古典文學에서 얻은 感想－그 缺點과 長
處에 關한 再認識

19380607 朴鍾鴻 歷史의 轉換과 古典復興－새로운 創造
와 建設을 위하야

19380608 李如星 古典研究와 書籍貧困－藏書家의 書籍
公開를 要望

19380610 崔載瑞 古典研究의 歷史性－傳統의 全體的 秩
序를 위하야

19380611 柳子厚 傳來文品의 稽考難－典籍尊重의 觀念을
가지자

19380614 朴致祐 고전의 성격인 규범성－참된 傳承과 個
性의 創造力

19380615 宋錫夏 新文化 輸入과 우리 民俗

19380616 蔡萬植 文學과 映畫－그 實踐인 「圖生錄」 評(1)

19380617 蔡萬植 文學과 映畫－그 實踐인 「圖生錄」 評(2)

19380618 蔡萬植 文學과 映畫－그 實踐인 「圖生錄」 評(3)

19380621 蔡萬植 文學과 映畫－그 實踐인 「圖生錄」 評(4)

19380625　柳致眞　映畵擁護의　辯－蔡萬植氏에게　보내는　글①

19380630　柳致眞　映畵擁護의　辯－蔡萬植氏에게　보내는　글③

19380608　田蒙秀　鄕歌解疑(三)　他密只

19380611　田蒙秀　鄕歌解疑(四)　他密只

19380609　田蒙秀　鄕歌解疑(四)　迷反

19380612　田蒙秀　鄕歌解疑(五)　於各是

19380615　田蒙秀　鄕歌解疑(六)　一等

19380614　田蒙秀　鄕歌解疑(六)『닶바당』(釋讀二의四○)

19380412　莫難易　[고기도]批評敎師

19380410　柏木兒　[고기도]散步的文學

19380407　柏木兒　[고기도]文學人과　無上命令

19380701　安浩相　[世紀에　붓치는　말]　自我擴大와　環境

19380702　崔載瑞　[世紀에　붓치는　말]事實의　世紀와　知識人

19380703　玄民　[世紀에　붓치는　말]叡知·行動과　知性(上)

19380705　玄民　[世紀에　붓치는　말]叡知·行動과　知性(下)

19380707　申南澈　[世紀에　붓치는　말]知者를　부르는　喇叭
　－『新方法』유토피아　作品의　待望

19380708　韓雪野　[世紀에　붓치는　말]地下室의　手記－어
　리석은　자의　獨白

19380709　李箕永　[世紀에　붓치는　말]歷史의　흐르는　方向

－科學的 合理性의 把握과 實踐

19380710 安含光 『知性의 自律性』의 問題 － 그의 眞實한
理解을 위하야①

19380712 安含光 『知性의 自律性』의 問題 － 그의 眞實한
理解을 위하야②

19380713 安含光 『知性의 自律性』의 問題 － 그의 眞實한
理解을 위하야③

19381224 崔載瑞 抒情詩에 잇서서의 知性 － 現代詩論의
前進을 위하야①

19381225 崔載瑞 抒情詩에 잇서서의 知性 － 現代詩論의
前進을 위하야②

19381227 崔載瑞 抒情詩에 잇서서의 知性 － 現代詩論의
前進을 위하야③

19381228 崔載瑞 抒情詩에 잇서서의 知性 － 現代詩論의
前進을 위하야④

9.2.2. 스크랩북2(조선일보 수록)

19380907 李源朝 [九月創作評](三) 作品의 餘韻과 緊張

19380908 李源朝 [九月創作評](四) 作家의 意圖와 作品

19380909 李源朝 [九月創作評](四) 時代의 흐름과 人物

19380920 安懷南 戀愛와 結婚과 文學 － 作家的 最高感情

의 問題①

19380921 安懷南 戀愛와 結婚과 文學－作家的 最高感情
의 問題②

19380922 安懷南 戀愛와 結婚과 文學－作家的 最高感情
의 問題③

19380923 安懷南 戀愛와 結婚과 文學－作家的 最高感情
의 問題④

19380928 白鐵 [十月創作評](1) 今日의 文學的 水準 李
孝石과 兪鎭午

19380929 白鐵 [十月創作評](2) 今日의 文學的 水準 咸
大勳과 嚴興燮

19381005 白鐵 [十月創作評](5) 今日의 文學的 水準 韓
仁澤과 張德祚

19381006 白鐵 [十月創作評](6) 今日의 文學的 水準 廉
尚涉과 田湖秋

19381017 尹泰雄 [學生 페－지」詩學徒의 覺書－鄭芝溶
論에 代하야

19381011 尹圭涉 知性問題와 휴맨즘－三十年代인테리겐
챠의 行程②

19381013 尹圭涉 知性問題와 휴맨즘－三十年代인테리겐
챠의 行程③

19381016 尹圭涉 知性問題와 휴맨즘－三十年代인테리겐

챠의 行程④

19381019 尹圭涉 知性問題와 휴맨즘－三十年代인테리겐
　　챠의 行程⑤

19381022 尹圭涉 知性問題와 휴맨즘－三十年代인테리겐
　　챠의 行程⑥

19381013 田蒙秀 古語數題－學語雜記中에서①

19381020 田蒙秀 古語數題－學語雜記中에서②

19381022 田蒙秀 古語數題－學語雜記中에서③

19381023 田蒙秀 古語數題－學語雜記中에서④

19381025 田蒙秀 古語數題－學語雜記中에서⑤

19381027 金管 音樂的敎養論議－音樂的趣味와 社會的關
　　心①

19381029 金管 音樂的敎養論議－音樂的趣味와 社會的關
　　心③

19381030 金管 音樂的敎養論議－音樂的趣味와 社會的關
　　心④

19381022 徐寅植 [傳統論]傳統의 一般的性格과 그 現代
　　的意義에 關하야①

19381023 徐寅植 [傳統論]傳統의 一般的性格과 그 現代
　　的意義에 關하야②

19381025 徐寅植 [傳統論]傳統의 一般的性格과 그 現代
　　的意義에 關하야③

19381026 徐寅植 [傳統論]傳統의 一般的性格과 ㄱ 現代
　　的意義에 關하야④

19381027 徐寅植 [傳統論]傳統의 一般的性格과 ㄱ 現代
　　的意義에 關하야⑤

19381029 徐寅植 [傳統論]傳統의 一般的性格과 ㄱ 現代
　　的意義에 關하야⑦

19381030 徐寅植 [傳統論]傳統의 一般的性格과 ㄱ 現代
　　的意義에 關하야⑧

19381103 李源朝 新協劇團公演의 春香傳觀劇評(上)

19381105 李源朝 新協劇團公演의 春香傳觀劇評(下)

19381102 崔載瑞 現代批評의 性格－十九世紀批評의 結
　　論的考察①

19381103 崔載瑞 現代批評의 性格－十九世紀批評의 結
　　論的考察②

19381104 崔載瑞 現代批評의 性格－十九世紀批評의 結
　　論的考察③

19381105 崔載瑞 現代批評의 性格－十九世紀批評의 結
　　論的考察④

19381109 申石艸 봐레리－學士의 「테스트氏」考①

19381110 申石艸 봐레리－學士의 「테스트氏」考②

19381111 申石艸 봐레리－學士의 「테스트氏」考③

19381115 申石艸 봐레리－學士의 「테스트氏」考④

19381109 金南天 [十一月創作評](一) 料理되지 안는 世界
　　－寒雪野와 兪鎭午

19381110 金南天 [十一月創作評](二) 通俗小說에의 誘惑
　　－咸大勳과 李善熙

19381111 金南天 [十一月創作評](三) 未成年의 文學－金
　　鎭壽와 權明秀

19381113 金南天 [十一月創作評](四) 「小說性」과 觀念의
　　軋轢－春園의 全作小說

19381117 林和 「大地」의 世界性－노벨賞作家「팔·빡」에
　　對하야(上)

19381118 林和 「大地」의 世界性－노벨賞作家「팔·빡」에
　　對하야(中)

19381120 林和 「大地」의 世界性－노벨賞作家「팔·빡」에
　　對하야(下)

19381202 白鐵 時代的偶然의 受理－事實에 대한 情神의
　　態度①

19381203 白鐵 時代的偶然의 受理－事實에 대한 情神의
　　態度②

19381204 白鐵 時代的偶然의 受理－事實에 대한 情神의
　　態度③

19381206 白鐵 時代的偶然의 受理－事實에 대한 情神의
　　態度④

9.2.3. 스크랩북3(조선일보 수록)

19390207 毛允淑 [詩人散文]눈길

19390214 지용 [詩人散文]煎橘

19390214 白石 [詩人散文]立春

19390211 金珖燮 [詩人散文]꽃

19390111 安懷南 [新春頌]樂酒

19390114 徐光霽 [新春頌]固

19390112 金南天 [新春頌]滑氷黨

19390115 咸大勳 [新春頌]雪夜

19390115 尹崑崗 詩壇展望 혹은 『詩精神의 擁護』

19390117 尹崑崗 詩壇展望 혹은 『詩精神의 擁護』②

19390114 韓植 文學建設의 決意와 方法 – 現代朝鮮文學의 頂點에서④

19390105 鄭寅燮 現代學生氣質論 – 理想에 불타는 젊은 學徒들에게

19390110 金永壽 [新春文藝一等賞選]素服(三)

19390108 金永壽 [新春文藝一等賞選]素服(二)

19391031 金永壽 [新春文藝一等賞選]素服(十六)

19390202 金永壽 [新春文藝一等賞選]素服(十七)

19390121 鄭飛石 [書翰](一) 懷疑의 世代

19390107 金永壽 [新春文藝一等賞選]素服(一)

19390204 金永壽 [新春文藝一等賞選]素服(十八)

19390109 趙敬姬 [隨筆] 망아지의 밤

19390103 [座談會]詩論의 貧困에 對하야-詩의 非大衆性
과 敍事詩(金尙鎔·鄭芝溶·崔載瑞·林和·安懷南, 金
尙鎔 主導)

19390101　金台俊　[主論文]大陸文學과　朝鮮文學-支那
文學과 朝鮮文學과의 交流(上)

19390107 金台俊 [學藝]支那 文學과 朝鮮文學과의 交流(中)

19390126 金南天 [一月創作評]『離婚』과 모랄①

19390201 金午星 時代와 知性의 葛藤 — 프로메듀— 스的
事態(七)

19390131 金午星 時代와 知性의 葛藤 — 프로메듀— 스的
事態(六)

19390101 梁柱東 鄕歌와 國風·古詩-그 年代와 文學的
價値에 對하야(上)

19390108 金台俊 支 文學과 朝鮮文學과의 交流(하)

19390110 韓植 文學建設의 決意와 方法-現代朝鮮文學
의 頂點에서

19390101 洪碧初 諺文小說과 明淸小說의 關係

19390126 金午星 時代와 知性의 葛藤 — 프로메듀— 스的
事態(三)

19390124 金午星 時代와 知性의 葛藤 — 프로메듀— 스的

10. 연구 논저 목록

10.1. 주요 시집

윤동주,『하늘과 바람과 별과 시』, 정음사, 1948.

윤동주,『하늘과 바람과 별과 시』, 정음사, 1955.

윤동주,『하늘과 바람과 별과 시』, 정음사, 1974.

윤동주,『하늘과 바람과 별과 시』, 미래사, 1991.

권영민 편저,『하늘과 바람과 별과 시』, 문학사상사, 1995.

윤인석 외 엮음,『사진판 윤동주 자필 시고 전집』, 민음사, 1999.

윤동주,『원본대조 윤동주 전집 - 하늘과 바람과 별과 시』, 연세대학교 출판부, 2004.

홍장학,『정본 윤동주 원전연구』, 문학과지성사, 2004.

윤동주,『한국대표시인 101인 선집』, 문학사상사, 2006.

10.2. 주요 단행본과 박사학위 논문

권영민 엮음, 『윤동주 연구』, 문학사상사, 1995.

권영민, 「광복 50주년의 한국 문학과 시인 윤동주」, 『하늘과
　　　　바람과 별과 시』, 문학사상사, 1995.

권일송, 『윤동주 평전 – 하늘을 우러러 한점 부끄럼이 없기를』,
　　　　민예사, 1984.

김동수, 「일제 침략기 항일 민족시가 연구」, 원광대학교 대학원
　　　　박사학위논문, 1987.

김선학, 「한국 현대시의 시적 공간에 관한 연구」, 동국대학교
　　　　대학원 박사학위논문, 1989.

김수복 외 편저, 『나한테 주어진 길 – 윤동주』, 웅동, 1999.

김학동 편, 『윤동주』, 서강대학교 출판부, 1997.

마광수, 「윤동주 연구」, 연세대학교 박사학위논문, 1983.

마광수, 『윤동주 연구』, 정음사, 1984.

박의상, 「윤동주 시의 사회심리학적 연구 – ‘자기화과정’을 중심
　　　　으로」, 인하대학교 대학원 박사학위논문, 1993.

박태일, 『한국 근대시의 공간과 장소』, 소명출판, 1999.

송우혜, 『개정판 윤동주 평전』, 세계사, 1998.

염창권, 『집없는 시대의 길가기 – 일제강점기 한국 현대시의 공
　　　　간구조』, 한국문화사, 1999.

오오무라 마스오(大村益夫), 『윤동주와 한국문학』, 소명출판,
　　　　2001.

이건청 편저, 『윤동주』, 문학세계사, 1995.

이건청, 『윤동주 평전 – 나의 별에도 봄이 오면』, 문학세계사,
　　　　1981.

이건청, 『윤동주 – 신념의 길과 수난의 인간상』, 건국대학교출
　　　　판부, 1994.

이남호, 「윤동주 시의 의도연구」, 고려대학교 대학원 박사학위
　　　논문, 1986.
이사라, 「윤동주 시의 기호론적 연구 – 이항대립에 있어서의 매
　　　개 기능을 중심으로」, 이화여자대학교 대학원 박사학위
　　　논문, 1987.
이상섭, 『윤동주 자세히 읽기』, 한국문화사, 2007.
이상호, 「한국 현대시에 나타난 자아의식에 관한 연구」, 동국대
　　　학교 대학원 박사학위논문, 1988.
조재수, 『윤동주 시어 사전 – 그 시 언어와 표현』, 연세대학교 출
　　　판부, 2005.
지현배, 「윤동주 시의 의식현상학적 연구」, 경북대학교 박사학위
　　　논문, 2001.
지현배, 『윤동주 시의 세계 – 영혼의 거울』, 한국문화사, 2004.
최문자, 「윤동주 시 연구」, 성신여자대학교 박사학위논문,
　　　1996.
한영일, 『한국현대기독교 시 연구 – 윤동주, 김현승, 박두진 詩
　　　의 상징성을 중심으로』, 성균관대학교 대학원 박사학위
　　　논문, 2000.

尹東柱詩碑建立委員會 編, 『星うたう詩人 – 尹東柱の詩と研究』,
　　　三五館, 1997.
이누가이 미쯔히로 외, 고계영 역, 『일본 지성인들이 사랑하는
　　　윤동주』, 민예당, 1998.
정판룡 외, 『민족시인윤동주50주기기념 학술토론회론문집』, 용
　　　정시문학예술계련합회, 1996.

10.3. 초창기 주요 논저

1995년 이후 자료는 인터넷 검색을 통해서 대부분 조회할 수 있고, 원문도 웹서비스를 받을 수 있지만, 정리의 손이 아직 미치지 못한 부분이 있다. 다음은 1995년 이전까지의 초창기 자료 목록이다.

강처중	『하늘과 바람과 별과 시』 초판발문	정음사	1948
이봉구	시인의 별 - 윤동주 시집을 읽고	평화신문	1948. 12. 19.
정지용	『하늘과 바람과 별과 시』 초판서문	정음사	1948
유 영	내가 잃은 삼재	자유신문	1949. 08. 30.
윤영춘	고 윤동주에 대하여	문예	1952. 05.
정병욱	고 윤동주 형의 추억	연희춘추	1953. 07. 15.
고석규	윤동주의 정신적 소묘	초극	1954
고석규	『하늘과 바람과 별과 시』	국제신보	1955. 02. 16.
김용호	민족 의식과 자아 의식	연희춘추	1955. 07. 15.
김윤성	고 윤동주의 시	경향신문	1955. 04. 30.
김춘수	불멸의 순정 - 윤동주 형 10주기를 맞이하여	부산일보	1955. 02. 15.
윤일주	선백의 생애, 『하늘과 바람과 별과 시』	정음사	1955
전형국	동주와 간도	연희춘추	1955. 02. 14.
정병욱	『하늘과 바람과 별과 시』 후기시연구	정음사	1955
윤일주	형 윤동주의 추억	정음사	1956. 05.
최일수	윤동주의 시 - 현대시와 민족	한국일보	1956. 05. 13.
벽 송	윤동주 소고 - 주체 탐색의 소지로서	중앙대 문예	1957. 11. 01.
마해송	오래 사는 것만이 잘난 것이 아니다	희망	1958. 01.
이동연	윤동주 노우트 - 어둠의 소묘①	동국대 국어국문학보	1958. 12. 0.
장덕순	동주와 나 - 인간 동주 소묘	자유문학	1959. 03.
이상비	시대와 시의 자세 - 윤동주론	자유문학	1960. 11 - 12.

최홍규	윤동주 서설	고려대 국문학	1961. 11. 30.
윤일주	동주 형님을 추모함	현대문학	1963. 01.
이유식	아웃사이더적 인간상	현대문학	1963. 1.
김열규	윤동주론	국어국문학 27집	1964. 08.
김종길	시인이라는 것, 『시론』	탐구당	1965
박두진	순절의 시인 윤동주	동아일보	1965. 02. 20.
윤일주	형님 윤동주	기독공보	1965. 02. 20.
장덕순	윤동주씨 20주기를 맞이하여	서울신문	1965. 02. 16.
정한모	저 하늘의 빛나는 별로	경향신문	1965. 02. 17.
최홍규	존재와 생성의 역 – 윤동주 연구	세대	1965. 09.
김상선	어둠의 윤리 – 윤동주론	문학춘추	1966. 01.
박두진	순절의 시인 윤동주 – 시비 건립 운동에 부쳐	동아일보	1966. 03. 04.
문익환	동주 형의 추억, 『하늘과 바람과 별과 시』	정음사	1968
박두진	윤동주의 시, 『하늘과 바람과 별과 시』	정음사	1968
백 철	암흑기 하늘의 별, 『하늘과 바람과 별과 시』	정음사	1968
장덕순	인간 윤동주, 『하늘과 바람과 별과 시』	정음사	1968
정병욱	『하늘과 바람과 별과 시』 후기	정음사	1968
김영수	시인 윤동주론	교회연합 신보	1969. 02. 16.
김현자	아청빛 언어에 의한 이미지	소천 이헌구선생 송수 기념 논총	1970. 08.
박희진	저항시의 양상	동성논총 3집	1972
이건청	고뇌와 창조	현대시학	1972. 01.
정현종	시인과 그의 시대 – 윤동주와 관련하여	시문학	1972. 11.
고석규	동주와 시인의 역설	크리스찬문학 5집	1973
김병익	분단 세기 – 불굴의 문인들	동아일보	1973. 07. 05.
김용성	문학사 탐방	한국일보	1973. 04. 01.
김우규	밤에 뿌린 씨앗들	문학사상	1973. 03.
김윤식	윤동주 혹은 순결한 젊음, 『한국문학사』	민음사	1973. 김윤식
김인환	윤동주 시론	고려대 어문논집	1973. 07.
김정우	윤동주의 소년 시절	크리스찬 5집	1973
문익환	동주, 내가 아는 대로	문학사상	1973. 03.
문익환	태초의 종말과 만남	크리스찬	1973. 05.
백승철	윤동주론	창조	1973. 08.
윤일주	유고를 공개하면서	문학사상	1973. 03.
정병욱	인간 동주의 편모	크리스찬 5집	1973

김상선	윤동주론	중앙대 인문학연구	1974. 03.
김용직	시적 저항과 그 비극성, 『일제시대의 항일문학』	신구문고	1974
김윤식	윤동주론－어둠 속에 익은 사상, 『한국 근대 작가 논고』	일지사	1974
김윤식	십자가와 별	현대시학	1974. 12.
김종길	한국 시에 있어서의 비극적 황홀, 『진실과 언어』	일지사	1974
김흥규	윤동주론	창작과비평 가을호	1974
박진환	어둠의 본질과 별의 형이상학	현대시학	1974. 06.
유 영	윤동주론	연세 9호	1974
최홍규	암흑기와 시인 의식	고려대 교양논집	1974
홍기함	고독과 저항의 세계	월간문학	1974. 07.
구중서	순국 시인 윤동주의 찬란한 고독	구도의 언어	1975
김윤식	윤동주론의 행방	심상	1975. 02.
오세영	윤동주의 문학사적 위치	현대문학	1975. 04.
유 영	암흑기 민족 문학의 보루－윤동주 동문	연세춘추	1975. 06. 14.
윤일주	다시 동주 형님을 말함	심상	1975. 02.
정병욱	잊을 수 없는 사람－항일 시인 윤동주	신아일보	1975. 02. 03 －07.
정한모	동주 시의 특질과 시사적 의의	심상	1975. 02.
홍기삼	시와 시인의 생애	심상	1975. 02.
김시태	밤의 인식과 자기 성찰	현대문학	1976. 09.
김용직	윤동주 시의 문학사적 의의	나라사랑	1976. 04.
김우종	암흑기 최후의 별－그의 문학사적 위치	문학사상	1976. 04.
김우창	손들어 표할 하늘도 없는 곳에서	문학사상	1976. 04.
김윤식	한국 근대시와 윤동주	나라사랑	1976. 04.
김정우	윤동주의 소년 시절	나라사랑	1976. 04.
문익환	하늘·바람·별의 신인 윤동주	월간중앙	1976. 04.
문학사상사	새 자료를 통해 본 윤동주의 생애	문학사상	1976. 04.
박창해	윤동주를 생각함	나라사랑	1976. 04.
신동욱	하늘과 별에 이르는 시심 여름호	나라사랑	1976. 04.
염무웅	시와 행동 여름호	나라사랑	1976. 04.
오세영	윤동주의 시는 저항시인가?	문학사상	1976. 04.
유 영	연희전문 시절의 윤동주 여름호	나라사랑	1976. 04.
유 영	윤동주의 연전 시절	연세춘추	1976. 06. 14.
윤영춘	명동촌에서 후쿠오카까지 여름호	나라사랑	1976. 04.
윤일주	윤동주의 생애 여름호	나라사랑	1976. 04.

임헌영	순수한 고뇌의 절규	문학사상	1976. 04.
장덕순	윤동주와 나	나라사랑	1976. 04.
진규태	저항 시인으로서의 윤동주론	나라사랑	1976. 04.
정병욱	잊지 못할 윤동주의 일들	나라사랑	1976. 04.
정세현	윤동주 시대의 어둠	나라사랑	1976. 04.
곽동훈	윤동주 시에 나타나는 '어둠'의 의미	부산대	1977
국정표	윤동주론	서울대 영어영문학 2집	1977
문학사상사	윤동주에 대한 일경 극비 취조 문서	문학사상	1977. 05.
정 양	동심의 신화 – 윤동주 시론	원광대	1977
정병욱	동주의 독립 운동의 구체적 증거	문학사상	1977. 05.
조남익	『현대시 해설』	세운문화사	1977
진희영	윤동주 시의 기본적 심상 연구	고려대	1977
유시욱	이 상과 윤동주 시에 나타난 자아 실현의 문제	영남대	1978
정교영	동심의 신화 – 윤동주 시론	조선일보	1978. 01. 10 – 15.
곽동훈	신과 인간 – 윤동주 시와 그의 신앙과의 관계	부산대 국어국문학 16집	1979
남송우	윤동주 시에 나타난 자기의 문제 – 자기 분열에서 통합까지	부산대	1979
이인복	1940년대 시에 나타난 죽음, 『한국 문학에 나타난 죽음의식의 사적 연구』	열화당	1979
주경자	윤동주론	동국대	1979
최동호	윤동주의 의식 현상	현대문학	1979. 12.
고노 에이치	다시, 윤동주의 죽음에 대하여	현대문학	1980. 12.
고노 에이치	윤동주, 그 죽음의 수수께끼 10	현대문학	1980. 1.
김수복	윤동주 연구	단국대	1980
김영수	윤동주의 저항시 재고, 『한국 문학 연구』	대광문화사	1980
김우창	시대와 내면적 인간, 『이육사 · 윤동주』	지식산업사	1980
유 영	높고 깊은 뜻은 어디에	연세춘추	1980. 03. 03.
윤일주	윤동주 사인 잘못 알고 있다	조선일보	1980. 10. 24.
이남호	윤동주와 서정주의 「자화상」 비교분석	고려대	1980. 이남호
김용직	비극적 상황과 시의 길, 『나의 별에도 봄이 오면』	문학세계사	1981
남송우	윤동주 시에 나타난 자기의 문제	중앙일보	1981. 01. 19.

유시욱	이 상과 윤동주의 시	시문학	1981. 04.
이건청	『나의 별에도 봄이 오면』	문학세계사	1981. 이건청
정재완	윤동주의 「또 다른 고향」, 『한국 현대시 작품론』	문장	1981. 정재완
최동호	한국 현대시에 나타난 물의 심상과 의식의 연구 - 김영랑, 유치환, 윤동주의 시를 중심으로	고려대	1981
허소라	윤동주론	한국언어문학 20집	1981. 12.
홍희표	윤동주의 「서시」, 『한국 현대시 작품론』	문장	1981
김봉군	윤동주의 시 또는 사랑의 리듬	성심여대 성심어문 논집 6집	1982
김선배	'부끄러움'의 시적 변용 - 윤동주 시 의식을 중심으로	고려대	1982
문학사상사	윤동주에 내려진 판결문 전문	문학사상	1982. 1.
박준효	윤동주 시 연구 - 이미지를 중심으로	고려대	1982
변종식	윤동주론	동국대	1982
신 호	파도를 극복한 동주 - 윤동주론	현대문학	1982. 06.
신석진	윤동주 시 연구 - 동일성의 원리를 중심으로	중앙대	1982
유영자	윤동주 연구	인하대	1982
윤일주	새삼 이는 울분을 가누며	문학사상	1982. 1.
채규판	윤동주의 시	시문학	1982. 05.
최창렬	윤동주 시 연구	중앙대	1982
김열규	신화의 공간(1) - 방위의 의미론과 윤동주, 『한국문학사』	탐구당	1983
마광수	윤동주 연구 - 그의 시에 나타난 상징적 표현을 중심으로	연세대	1983
박호영	릴케와 대비로 본 윤동주, 『한국 현대 시사 연구』	일지사	1983
이동순	창조적 진화의 꿈과 삶의 정직성, 『한국 대표시 평설』	문학세계사	1983
이사라	김광균·윤동주 시의 상상적 질서	이화어문논집 6집	1983
정창헌	윤동주의 시 연구	연세대	1983
권일송	『윤동주 평전』	민예사	1984
김수복	『시인 윤동주』	예전사	1984
김우창	손들어 표할 하늘도 없는 곳에서	문학사상 여름호	1984
김재홍	자기 극복과 초인에의 길, 『현대시』	문학세계사	1984
김재홍	운명론과 자유의 문제	현대문학	1984. 08.
김재홍	운명애와 부활 정신	현대문학	1984. 05 - 06.
김주연	한국 현대시와 기독교	현대문학	1984. 09.

김현자	대립의 초극과 화해의 시학, 『현대시』	문학세계사	1984
마광수	『윤동주 연구』	정음사	1984
박이도	한국 현대시에 나타난 기독교 의식 – 윤동주, 김현승, 박두진의 시를 중심으로	경희대	1984
박태일	1940년 전후 한국시에 나타난 공간인식의 문제 – 이육사, 윤동주, 백석의 시를 중심으로	부산대	1984
박태일	윤동주 시와 공간 인식의 문제	한국문학논총 6·7합집	1984
박호영	윤동주론의 문제점, 『현대시』	문학세계사	1984
배광흠	윤동주론	전남대	1984
신용협	윤동주의 시와 인간	국어국문학 91호	1984
심동섭	윤동주 시 연구	성균관대	1984
이건청	윤동주 시의 상징 연구	한양대 인문논총 8집	1984
이기서	윤동주 시에 나타난 세계 상실 구조, 『한국 현대시 의식연구』	고려대 민족문화연구소	1984
정순성	윤동주 시 연구 – 어둠의 양상	동아대	1984. 02. 25.
허장무	윤동주 시 연구 – 시에 있어서의 시간성을 중심으로	청주대	1984
홍정선	윤동주 시 연구의 현황과 문제점, 『현대시』	문학세계사	1984
김기창	이육사, 윤동주의 시 이미지에 대한 고찰	조선대 교육대학원	1985
김남조	윤동주 연구 – 자아 의식의 변모를 중심으로	현대문학	1985. 08.
김수복	윤동주 시의 원형 상징 연구	국어국문학 93호	1985
남기천	윤동주 시연구	건국대	1985
마광수	형이상학적 저항 시인 윤동주, 『식민지 시대의 시인 연구』	시인사	1985
박호영 이숭원	윤동주 시의 인식론적 접근, 『한국 시문학의 비평적 연구』	삼지원	1985
여명구	윤동주 시 연구	국민대	1985
왕선희	윤동주 시 연구	인하대	1985
이부키고	시대의 아침을 기다리며 – 윤동주의 유학에서 옥사까지(上)·(下)	문학사상	1985. 03 – 04.
이승범	육사와 동주 시의 미래지향성에 대한 고찰	조선대	1985
정순진	윤동주 시에 나타난 세계 경험적 자아의 양상	충남대	1985
정의홍	윤동주 시의 정신사적 성격	월간문학	1985. 11.
정호승	윤동주 시에 나타난 기독교적 세계관	경희대	1985
최동호	윤동주의 의식 현상, 『현대시의 정신사』	열음사	1985

권영상	윤동주 시의 원형적 탐구	성균관대	1986
권택명	십자가의 시인 윤동주	심상	1986. 03.
김경옥	윤동주 시에 나타난 동일성 상실과 회복	부산대	1986
김옥순	윤동주 시 연구 어디까지 왔나	문학사상	1986. 04.
김용직	어두운 시대와 시인의 십자가	문학사상	1986. 04.
김혜준	윤동주 연구 – 내면 공간과 내면의식을 중심으로	숙명여대	1986
마광수	궁극적 이상과 현실적 시련의 암시	문학사상	1986. 04.
박남철	윤동주론	한양대 한국학논집 10집	1986
박태일	윤동주 시와 공간 인식의 문제1, 2	심상	1986. 10 – 11.
박호영	저항과 희생의 남성적 톤	문학사상	1986. 04.
신현봉	윤동주 시의 동심 지향성 연구	한양대	1986
윤종호	윤동주 시에 나타난 공간 연구	경남대	1986
이기철	삶의시간과 기도의 공간	문학사상	1986. 04.
이남호	윤동주 시의 의도 연구	고려대 박사논문	1986
이남호	육사의 신념과 동주의 갈등, 『한심한 영혼아』	민음사	1986
이남호	가혹한 시대의 순결한 영혼, 윤동주	한국인	1986. 08.
이승훈	윤동주 대표시 20편, 이렇게 읽는다	문학사상	1986. 04.
이승훈	윤동주의 「서시」 분석	현대문학	1986. 03.
최은혜	윤동주 시에 나타나는 기독교 정신	인하대	1986
홍명규	윤동주 연구	경희대	1986
권영복	윤동주 연구 – 그의 시에 나타난 저항적 표현을 중심으로	충남대	1987
김은자	'자화상'의 동굴 모티브	문학과 비평 가을호	1987
김인섭	윤동주 사상 체계 소고	숭실어문 4집	1987
김창완	이육사, 윤동주 시의 대위적 구조 연구	한남대	1987
송경자	윤동주 시 연구	성균관대	1987
송우혜	윤동주의 일본 시절	문예중앙 여름호	1987
오무라 마쓰오	윤동주의 사적 조사 보고	문학사상	1987. 05.
이남호	「별 헤는 밤」의 의미 공간	현대문학	1987. 08.
이사라	윤동주 시의 기호론적 연구 – 이항 대립에 있어서의 매개 기능을 중심으로	이화여대 박사논문	1987
이선영	암흑기 시인 윤동주 재론	세계의 문학 46호	1987
이인복	한국 문학에 수용된 기독교 사상 연구	월간문학	1987. 05.

권윤현	식민지 시대의 저항시에 나타난 현실인식 - 이상화, 이육사, 윤동주의 시를 중심으로	경북대	1988
마광수	청년 시인 윤동주의 내면 풍경	문학정신	1988. 09.
송우혜	『윤동주 평전』	열음사	1988
송우혜	윤동주의 풍자시들 - 그 도전과 절망의 시 정신	현대문학	1988. 08.
오양호	윤동주 시에 나타난 '고향'의 의미	월간문학	1988. 02.
이상호	한국 현대시에 나타난 자아 의식에 관한 연구 - 이상화와 윤동주의 시를 중심으로	동국대	1988
제해만	윤동주 시의 공간 구조 연구	국어국문학 99호	1988
한명희	윤동주 시에 나타난 상징과 지향 의식	중앙대	1988
계영복	윤동주 시 연구	성신여대	1989
김영민	윤동주 연구사의 평가 정리, 『윤동주 시론집』	바른글방	1989
김인규	윤동주 시의 이미지 분석과 시 정신 고찰	조선대	1989
김훈임	윤동주 연구 - 그의 시에 나타난 세계관을 중심으로	연세대	1989
윤영훈	윤동주의 시 의식 고찰	조선대	1989
이선영	암흑기 시인, 윤동주 재론, 『윤동주 시론집』	바른글방	1989
한계전	윤동주 시에 있어서 '고향'의 의미, 『윤동주 시론집』	바른글방	1989
허 규	윤동주의 시 세계 연구 - 기독교 사상을 중심으로	한양대	1989
황경희	윤동주 시에 나타난 '그리움'의 양상 연구	계명대	1989
구민애	윤동주 시 연구	성신여대	1990
김경훈	외롭게 대화하는 자	현대시	1990. 11.
김수복	윤동주의 자아 성찰과 재생 의식	현대시	1990. 11.
마광수	나르시시스트의 내적 관조와 자기 성찰	문학과비평 여름호	1990
연정순	윤동주 시 연구	청주대	1990
이계숙	윤동주와 이육사 시의 대비 연구 - 주요 이미지 분석을 중심으로	동국대	1990
조병기	한국 현대시에 나타난 비극적 서정성 연구 - 이육사와 윤동주 시의 전통적 맥락을 중심으로	성균관대	1990
태목근	윤동주 시의 비교 문학적 연구	숭실대	1990
김상근	윤동주 시 연구	전남대	1991
김의수	윤동주 시의 해체론적 연구	서울대	1991
엄선영	윤동주 시의 시각화 연구	이화여대	1991
이현숙	윤동주 시 연구 - 의식 변모 과정을 중심으로	숙명여대	1991
채현주	윤동주 시에 나타난 기독교 정신	성균관대	1991
김경승	윤동주 시편의 예술적 감동의 원천에 관한 정신 의학적 고찰	한림대	1992

김미선	윤동주 시의 이미저리 연구	전북대	1992
박호용	백석과 윤동주 시의 비교 연구	한국외국어대	1992
정재규	이육사와 윤동주 시의 비교 연구 – 두 시인의 자아 인식과 시적 저항	부산대	1992
정해천	윤동주 시 세계 연구 – 기독교 정신을 중심으로	수원대	1992
최명표	윤동주 시 연구	전북대	1992
강성자	서정주와 윤동주의 자의식 비교 – 서정주의 초기 시와 윤동주의 시를 중심으로	한국교원대	1993
박의상	윤동주 시의 사회 심리학	인하대	1993
박춘덕	한국 기독교 시에 있어서 삶과 신앙의 상관성 연구 – 윤동주, 김현승, 박두진을 대상으로	부산대	1993
이희구	윤동주 시 연구	배재대	1993
김연옥	윤동주 시의 전통성에 관한 연구	한국교원대	1994
나성훈	윤동주 시 연구	연세대	1994
이건청	윤동주 – 신념의 길과 수난의 인간상	건국대 출판부	1994
이세종	윤동주 시의 심상 연구	국민대	1994
김승희	1/0의 존재론과 무의식의 의미 작용 – 새로 쓰는 윤동주론	문학사상	1995. 03.
이관형	윤동주 시 연구	배재대	1995
이정화	윤동주와 이장희 시의 내면 의식 고찰 – 하늘의 이미지 비교	원광대	1995
최동호	윤동주의 '또 다른 고향'과 '백골'의미	현대시사상 봄호	1995

지현배

▌약 력

마산에서 태어나 경북대학교 사범대학 국어교육과를 졸업하고 같은 학교 대학원에서 현대문학 전공으로 박사학위를 취득하였다. 『문학예술』을 통해 시인으로 등단했다. 한국현대시와 대구경북 지역문학, 독서와 작문, 한국어교육 분야의 연구와 강의를 하고 있다.

▌주요논문 및 저서

『실용작문』(공저), 『한국의 언어와 문화』(공저), 『디지털 시대의 독서와 작문』 등과 『시 읽기와 시 교육』, 『삶의 그림으로서의 시 창작 강의』, 『윤동주 시의 세계』, 『근현대 대구지역 문학의 흐름과 특성』(공저), 『근현대 경북지역 문학의 흐름과 특성』(공저) 등의 책을 냈다.

윤동주
시 읽기

초판인쇄 | 2009년 7월 20일
초판발행 | 2009년 7월 20일

지은이 | 지현배
펴낸이 | 채종준
펴낸곳 | 한국학술정보㈜
주　소 | 경기도 파주시 교하읍 문발리 파주출판문화정보산업단지 513-5
전　화 | 031) 908-3181(대표)
팩　스 | 031) 908-3189
홈페이지 | http://www.kstudy.com
E-mail | 출판사업부　publish@kstudy.com

등　록 | 제일산-115호(2000. 6. 19)
가　격 | 26,000원
ISBN　[illegible](Paper Book)
　　　　978-89-268-0120-8 98810(e-Book)

내일을여는지식 █ 은 시대와 시대의 지식을 이어 갑니다.